U0418306

心若无尘，岁月生香

周海亮散文精选集

雪候鸟

周海亮 著

華中科技大學出版社
http://www.hustp.com
中国·武汉

图书在版编目(CIP)数据

心若无尘，岁月生香：周海亮散文精选集 / 周海亮著. —武汉：华中科技大学出版社，2022.8
（雪候鸟）
ISBN 978-7-5680-8279-2

Ⅰ. ①心… Ⅱ. ①周… Ⅲ. ①散文集－中国－当代 Ⅳ. ①I267

中国版本图书馆CIP数据核字（2022）第082720号

心若无尘，岁月生香：周海亮散文精选集　　周海亮　著
Xin Ruo Wuchen, Suiyue Shengxiang: Zhou Hailiang Sanwen Jingxuan Ji

策划编辑：娄志敏
责任编辑：章　红
封面设计：刘林子
责任校对：谢　源
责任监印：朱　玢
出版发行：华中科技大学出版社（中国·武汉）　电话：（027）81321913
武汉市东湖新技术开发区华工科技园　邮编：430223
印　　刷：湖北新华印务有限公司
开　　本：880mm × 1230mm　1/32
印　　张：8
字　　数：156千字
版　　次：2022年8月第1版第1次印刷
定　　价：36.00元

序

Preface

那些令我幸福的时光

给某文学期刊发去一个中篇小说，几天后接到编辑电话，说，很好，将刊于下一期杂志。这样的消息我听过无数次，心里早无什么兴奋可言。可是编辑接着说，因为你的这篇小说，编辑部的某位编辑给远在故乡的母亲打了一个电话。我问为什么，他说，那位编辑，被你的文章打动了。

小说写的是一位母亲一生之中的几个片段，却用去我整整一个月的时间。写作的过程异常痛苦，以至于好几次我有过放弃的打算。稿费当然很少，可是现在，我认为很值。我不知道除了这位编辑以外还有没有别的读者因了这篇小说而给他/她久未联系的母亲打一个电话，我只知道某个下午，一位远在乡下的母亲听到她城里做编辑的儿子的声音。那一刻母亲注定是快乐的，幸福的，我认为这足够了。我的文章能让一位母亲感受到幸福，我那一个月的时间，就没有白费，我的这篇小说，就有了价值与生命。而且，因了那位编辑的电话，整整好几天，我都是快乐和幸福的。

一位朋友告诉我这样一件事：她上幼儿园的儿子有一天放学回来，兴致勃勃地给她讲了一个故事。她问是谁给你讲的这个故事？儿子说是老师讲的。老师从一本杂志上读到这个故事，又把故事读给他们听。儿子说这个故事让他很开心，他希望他的妈妈也开心。

朋友看过这个故事，从我送给她的我的集子里。朋友问儿子知道这个故事是谁写的吗？是我的一位朋友，他叫鲁瓜。她的儿子于是更开心了，他说，原来是妈妈的熟人！明天我就告诉幼儿园阿姨，我妈妈认识写这个故事的人。

那天我很快乐。那几天我很快乐。因为我的一篇千余字的文章被幼儿园阿姨读给孩子们听，因为这些孩子们很喜欢这个故事。还因为，其中一位孩子的母亲，就是我同城的朋友。我想这足够了，我的文字能让天真单纯的孩子们感到快乐，那么，这些文字就是快乐的、幸福的，当然，我也是快乐的、幸福的。

老家的父亲给一个工厂做门卫，并且负责给每个科室分发报纸。那天，父亲突然从当地晚报的副刊上看到我的文章，父亲告诉我，那一刻，他“欣喜若狂”。其实只是一个豆腐块，文章也很是普通，可是那一天，父亲还是把那个豆腐块一连看了好几遍。父亲给科室送报纸的时候，会指着那篇文章问：知道作者是谁吗？他们当然不会知道，于是父亲说：是我儿子。一整天父亲都是乐呵呵的，晚上，他甚至喝了点酒。

自从在城里买了房子，我的样刊样报从此没有再寄回乡下，于是父亲读我文章的机会，就变得很少。当然，当我的新书出版，我会送父亲两本，可是我认为，那种快乐更像“批发”而不是“零售”。其实父亲更愿意从零散的杂志上发现我的文章，那样，他的快乐就是连续的，甚至是递增的。他会把刊有我文章的杂志拿给朋友们看，然后装作不经意地说，我儿子。父亲略通文学，略通文学的父亲为我和我的文字骄傲。尽管那些文字，其实是那样不值一提。

因了父亲，那些天的我，快乐并且幸福。我想，即使世界上只剩下父亲这样一位读者，我也愿意将写作继续下去吧。

写作时间太久，事实上，因写作而产生的幸福感就会越来越少、越来越淡。当然发表会带来幸福感，出版会带来幸福感，稿费也会带来幸福感，但是这些幸福比起写作的艰辛，真的是微不足道。还好有他们，有善良的编辑们，有编辑的母亲们，有单纯的孩子们，有孩子的母亲们，有我的朋友们，有我的亲人们，他们因了我的文字而欢愉和幸福，那么，在他们的那些幸福时光里，我就是欢愉和幸福的。这些欢愉和幸福是文字以外的，甚至是写作以外的，它们属于人情，抑或属于人生，我加倍珍惜。

那么，我还有什么理由，不继续下去呢？

目录

Contents

第一辑 | 世间的父亲和母亲

第二辑 | 那些故事里的爱与晨光

第三辑 | 每一朵花苞都会开放

第四辑 谁为你长夜不眠

第五辑 心若无尘，岁月生香

第一辑

世间的父亲和母亲

父亲的包子

//

大概有那么两年的时间，父亲在中午拥有属于他的两个包子，那是他的午饭。记忆中好像那是很久很久以前的事，我和哥哥都小，一人拖一把大鼻涕，每天的任务之一是能不能搞到一点属于一日三餐之外的美食。

父亲在离家三十多里的大山里做石匠，早晨骑一辆破自行车走，晚上骑这辆破自行车回。两个包子是他的午餐，是母亲每天天不亮点着油灯为父亲包的。其实说那是两个包子，完全是降低了包子的标准，那里面没有一丝肉沫，只是两滴猪油外加白菜帮子沫而已。

父亲身体不好，那是父亲的午饭。父亲的工作是每天把五十多斤重的大锤挥动几千多下，两个包子，只是维持他继续挥动大锤的资本。

记得那时家里其实已经能吃上白面了，只是很不连贯。而那时年幼的我和哥哥，对于顿顿的窝窝头和地瓜干总是充满了一种刻骨的仇恨。于是，父亲的包子，成了我和哥哥的唯一目标。

现在回想起来，我仍然对自己年幼的无耻而感到羞愧。

为了搞到这个包子，我和哥哥每天总是会跑到村口去迎接父亲。见到父亲的身影时，我们就会高声叫着冲上前去。这时父亲就会微笑着从他的挎包里掏出本是他的午饭的两个包子，我和哥哥一人一个。

包子虽然并不是特别可口，但仍然能够满足我和哥哥最原始最单纯的欲望。

这样的生活持续了两年，期间我和哥哥谁也不敢对母亲说，父亲也从未把这事告诉母亲。所以母亲仍然天不亮就点着油灯包着两个包子，而那已成了我和哥哥的零食。

后来家里可以顿顿吃上白面了，我和哥哥开始逐渐对那两个包子失去了兴趣，这两个包子才重新又属于我的父亲。而那时我和哥哥，已经上了小学。

而关于这两个包子的往事，多年来我一直觉得对不住父亲。因为那不是父亲的零食，那是他的午饭。两年来，父亲为了我和哥哥，竟然没有吃过午饭。这样的反思经常揪着我的心，我觉得我可能一生都报答不了父亲的这个包子。

前几年回家，饭后与父亲谈及此事，父亲却给我讲述了他的另一种心酸。

他说，其实他在工地上也会吃饭的，只是买个硬窝窝头而已。只是有那么一天，他为了多干点活儿，错过了吃饭的时间，已经买不到窝窝头。后来他饿极了，就吃掉了本就应属于他的两个包子。后来在村口，我和哥哥照例去迎接他，当我们高喊着“爹回来了爹回来了”，父亲搓着自己的双手，他感到很内疚。因为他无法满足他的儿子。

他说：“我为什么要吃掉那两个包子呢？其实我可以坚持到回家的。我记得那时你们很失望，当时，我差点落泪。”

父亲说，为这事，他内疚了二十多年。

其实这件事我早忘了，或者当时我确实是很失望，但我确实忘了。我只记得我年幼的无耻，或者我并不真的需要那个包子。然而我的父亲，他因为有一次不能满足他的儿子，却内疚了二十多年。

起身的饺子 落身的面

起身的饺子落身的面。这风俗令我幸福和忧伤。

年轻的父亲是一位石匠。石匠意味着有健康并且强韧的身体，单调并且超负荷的劳动。石匠只与脚下的石头与手中的铁器有关，同样冷冷冰冰，让秋天的双手，裂出一道道纵横交错的血口。每个星期父亲都会回来一次，骑一辆旧自行车，车至村头，铃铛便清脆地响起了。我跑去村头迎接，拖两筒鼻涕，光亮的脑瓢在黄昏里闪出蓝紫色的光芒。父亲不下车，只一条腿支地，侧身，弯腰，我便骑上他的臂弯。父亲将我抱上前梁，说，走咧！然后，一路铃声欢畅。

那时的母亲，正在灶间忙碌。年轻的母亲头发乌黑，面色红润。鸡蛋在锅沿上磕出美妙的声响，小葱碧绿，木耳柔润，爆酱的香气令人垂涎。那自然是面。纯正的胶东打卤面，母亲的手艺令村人羡慕。那天的晚饭自然温情并且豪迈，那时的父亲，可以干掉四海碗。

起身的饺子落身的面。父亲在家住上一天，就该起程了。可是我很少看见父亲起程。每一次，他离开，都是披星戴月。

总在睡梦里听见母亲下地的声音。那声音轻柔舒缓，母亲的贤惠，与生俱来。母亲和好面，剁好馅，然后，擀面杖在厚实的面板上，辗转出岁月的安然与宁静。再然后是拉动风箱的声音，饺子下锅的声音，父亲下地的声音，两个人小声说话的声音，满屋子水气，迷迷茫茫。父亲就在水汽里上路，自行车后架上，驮着他心爱的二十多公斤的开山锤。父亲干了近三十年石匠，回家，进山，再回家，再进山，两点一线，1500多次反复，母亲从未怠慢。起身，饺子；落身，面。一刀子一剪子，扎扎实实。即使那些最难熬的时日，母亲也不敢马虎。除去饺子和面的时日，一家人，分散在不同的地点，啃着窝头和咸菜。

父亲年纪大了，再也挥不动开山锤，而我，却开始离家了。那时我的声音开始变粗，脖子上长出喉结，见到安静的穿着鹅黄色毛衣的女孩，心就会怦怦跳个不停。学校在离家一百多里的乡下，我骑了父亲笨重并且结实的自行车，逢周末，回家。

迎接我的，同样是热气腾腾的面。正宗的胶东打卤面，盖了蛋花，葱花，木耳，虾仁，肉丝，绿油油的蔬菜，油花如同琥珀。学校里伙食不好，母亲的面，便成为一种奢求。好在有星期天。好在有家。好在有母亲。

返校前，自然是一顿饺子。晶莹剔透的饺子皮，香喷喷的大馅，一根大葱，几瓣酱蒜，一碟醋，一杯热茶，猫儿幸福地趴在桌底。我狼吞虎咽，将饺子吃出惊天动地的声音——那声音令母亲心安。

然后，毕业，我去到城市里。那是最为艰难的几年，工作和一日三餐，都没有着落。当我饿得受不住，就会找个借口回家，然后在家里住上一阵子，一段时间以后，当认为伤疮已经长好，便再一次回到城市，再一次衣食无着——城市顽固地拒绝着一个来自乡村的文化程度不高的腼腆单纯的孩子——城市不近人情，高楼大厦令我恐惧并且向往。

回家，坐在门槛上发呆，看母亲认真地煮面。母亲是从我迈进家门的那一刻开始忙碌的，她将一直忙碌到我再一次离开家门。几天时间里她会不停地烙饼，她会在饼里放上糖，放上鸡蛋，放上葱花，放上咸肉，然后在饼面上沾上芝麻，印出美丽的花纹。那些烙饼是我回到城市的一日三餐，母亲深知城市并不像我描述的那么美好。可是她从来不问，母亲把她的爱和责任，全都变成了饺子、烙饼和面。母亲看着我吃，沉默。沉默的母亲变得苍老，我知道这苍老，全因为我。

起身的饺子落身的面，我真的不知道这样的风俗因何而来。也许，饺子属于“硬”食的一种吧，不仅好吃，并且耐饥，较适合吃完以后赶远路；而面，则属于“软”食的一种吧，不仅好吃，并且易于消化，较适合吃完以后睡觉或者休息。一次这样说给母亲听，母亲却说，这该是一种祝愿吧！“饺子”，交好运的意思；而“面”，意在长长久久。出门，交好运；回家，长长久久，很好的寓意。再图个什么呢？

我想，母亲的话，该是有些道理的。平凡的人们，再图个什么？出门平安，回家长久，足够了。

而母亲很少出门，自然，她没有机会吃到我们为她准备的“起身的饺子落身的面”。可是那一次，母亲要去县城看望重病的姑姑——本计划一家人同去的，可是因了秋收，母亲只好独行。头天晚上，我和父亲商量好，第二天一早会为母亲准备一盘饺子，可是当我们醒来，母亲早已坐上了通往县城的汽车。

头一天晚上，我几乎彻夜未眠。我怕不能够按时醒来，我怕母亲吃不到“起身的饺子”。但我还是没能按时醒来，似乎刚打一个盹儿，天就亮了。可是，父亲的那些年月，我的那些年月，母亲却从来未曾忘记未曾耽误哪怕一次“起身的饺子”。很多时候，我想母亲已经超越了一个母亲的能力，她变成一尊神，将我和父亲守护。

而她却是空着肚子走出家门的。家里有她伺候了大半辈子的儿子和丈夫，却无人为她煮上一碗饺子。

起身的饺子落身的面。这习俗让我忧伤并且难堪。

母亲是在三天以后回来的。归来的母亲，疲惫异常。我发现她真的老了，这老在于她的神态，在于她的动作，而绝非半头的白发和佝偻的身体。走到院子里，母亲就笑了——她闻到了蛋花的香味，小葱的香味，木耳的香味，虾仁的香味——她闻到了

“落身的面”。那笑，让母亲暂时变得年轻。

母亲吃得很安静，很郑重。吃完一小碗，她抬起头，看看我和父亲。母亲说，挺好吃。

三个字，一句话，足够母亲和我们幸福并珍惜一生。

一碗锅巴饭

朋友给我讲他小时候的故事。讲他的三弟，讲他的母亲，讲曾经的一碗锅巴饭。

朋友生活在一个人口很多的家庭，他有两个姐姐和三个弟弟，这样他小时候的家境，便可想而知。那时常常吃不饱饭，朋友说，他的童年时代和少年时代，几乎有一大半时间，是在饥饿中度过的。

煮饭是母亲的事。有时候，上面的饭还是生的，下面却已经糊了。没办法，人口多，煮饭的锅就大，锅里的内容就多。那饭煮得，当然就有些粗糙。隔三岔五，总会出现把饭煮煳的情况。母亲给一家人盛饭，盛到最后，就会盛出一碗锅巴饭。有时是焦黄的锅巴饭，大多数时候是焦黑的锅巴饭。当然不可能倒掉，母亲便把那一碗锅巴饭，放在桌子的一角。

三弟总是抢那碗锅巴饭吃。对那个家境的孩子来说，这无疑是一点难得的零食。朋友说，吃饭的时候，他坐在三弟身边，三弟把锅巴嚼得卡卡直响，那香味，直挠他的鼻子，让他咽着口水。

朋友说，三弟最喜欢的，是那种有些焦黑的锅巴饭。味道极香，又稍有些苦，硬，脆，韧，极有嚼头。

三弟是家里最小的孩子。吃饭时，母亲总爱跟他开开玩笑。她和三弟一起去抢那碗锅巴饭，却总是慢了半拍。三弟紧张地护着那个碗，吃得满嘴黑灰。母亲就笑了，抹抹额前的乱发。那时的母亲，还很年轻。

有一次，读初中一年级的朋友，从学校里拣到半张报纸。报纸上的一篇文章，让朋友胆战心惊。他忘记了文章的题目，却记住了里面的内容。那上面说，常吃焦煳的东西，很容易致癌。特别是煮煳的锅巴饭。

朋友把报纸带回家，那时母亲正坐在院子里择菜。朋友把报纸递给母亲，说，锅巴会致癌。母亲便拿了报纸，仔细地看。她看了一遍，又看了一遍，然后把报纸还给朋友。瞎说，母亲说，报纸上净瞎说。

隔三岔五，朋友家的饭，仍然会煮糊。母亲给一家人盛饭，盛到最后，仍然会盛出一碗锅巴饭。在那些饥饿的年月里，那一碗锅巴饭，仍然不会倒掉。仍然，母亲会和朋友的三弟，一起去抢那碗锅巴饭。

只是，朋友说，从那以后，总是他的母亲，抢到那碗锅巴饭。然后，紧张地护着那只碗，吃得满嘴黑灰。

白菜心，母亲心

白菜心是白菜的中间部分，很小很嫩的那部分。对儿时的他来说，白菜心是蔬菜，也是零食。

仍记得那些年里，家里只有过年才能吃上一顿水饺，水饺里才会出现切得很小的几块肉丁。平时的一日三餐，基本只有窝头和咸菜，偶尔拿猪大油炒盘白菜，已经属于改善生活了。不只他家这样，全村人都这样。那样的年代，让全家人别挨饿，父亲和母亲已经拼尽了力气。

白菜心于是成为他唯一的渴望。

母亲切白菜时，总会小心地留下白菜心。白菜心会被母亲切成规则并且漂亮的锥形，拿在手里，便有了隆重的仪式感。白菜心很脆，水分充足，慢慢咀嚼，唇齿间会泛起淡淡的甜。一个小小的白菜心会让他很满足，童年时光里，他认为白菜心是世间最美好的东西。

后来，日子虽然好了些，但每次做白菜，母亲仍会将切成锥形的白菜心留给他。有时他放学回家，正做着活的母亲会对他说，碗柜里，我给你留了白菜心。啃着白菜心，他的满足感于是油然而生。其实那时候，家里已经能够隔三岔五吃上水果了，母亲将白菜心留给他，只因母亲认为他喜欢。

他喜欢吗？喜欢，却没有小时候那般强烈。假如把白菜心与苹果放在一起，他肯定会选择苹果。母亲为他留下白菜心，他吃掉白菜心，似乎已经成为一种默契与习惯。虽然他的唇齿之间，仍然会泛起白菜心纯粹并且清淡的甜。

他读了大学，远离父母和故乡。大二那年，为了赚点钱，寒假和暑假，他都没有回家。那段时间，他几乎忘记了白菜心的味道，直到有一天，他突然在一个小饭馆看到一道菜：凉拌白菜心。他买下一份，坐到角落里默默吃。那道菜做得很好，一点酸，一点辣，一点麻，点缀了香菜和葱花，脆爽可口，然细品之下，却不见了那丝丝甜。然后，他突然发现他很想家，非常想。他决定回家一趟。那时距离过年，仅剩两天。

他在除夕那天赶回了家，母亲已经备好满满一桌年夜饭。他告诉母亲，在外面，他最想吃的，就是白菜心。什么也不加，什么也不放，就那么拿在手上，啃着吃。母亲忙去储物间抱来一棵白菜，切出白菜心，削成好看的锥形。白菜心脆生生甜丝丝，入口的瞬间，有一种久违的满足感和踏实感。

大学毕业以后，他来到城市，工作，恋爱，结婚，生活变得忙碌并且琐碎。逢年过节，带妻子和女儿回老家，感觉到父母一次比一次衰老。跟妻子商量之后，他决定将父母接到城里，却遭到母亲的反对。母亲说在乡下过了大半辈子，不想挪地方了。再说现在我和你爹身体还行，还能再种几年地。那一次，他没能说服固执的母亲。

几年后父亲去世了，母亲架不住他再三请求，终随他进城。进城后母亲每天待在家里，做家务，做饭，陪孙女玩，出门只有一件事：去超市买菜。她总抱怨超市的菜太贵了，尤其是白菜。她说再这么下去，白菜也吃不起了。当然，每一次，做白菜时，母亲都会给他留下切成锥形的白菜心。当然，每一次，那个白菜心，都会被他吃掉。尽管很多时他知道，他其实是为母亲吃掉那个白菜心的——母亲喜欢看他吃白菜心时的样子。

吃白菜心的时候，他会撕下一小块，递给女儿。有时女儿会非常配合把那一小块白菜心塞进嘴里，更多时她会拒绝。他对女儿说，白菜心是他小时候最喜欢的东西。她知道女儿不能理解。是啊，现在的孩子，又怎能从几片包裹得紧紧的小叶子里，品出那一丝丝令人满足的甜呢？

经常，他加班很晚回来，已经睡下的母亲会爬起来，说，冰箱里，我给你留了白菜心，甜的。他笑。其实他已经不需要那个白菜心了。白菜心满足的并不是他，而是母亲。

母亲年纪越来越大，身体也越来越差，终于，她不能再去超市。然而当他去买菜，母亲仍会嘱咐他买棵白菜回来。苍老的母亲忘记了很多事，却仍记得她的儿子，最喜欢吃白菜心。

临终，母亲躺在医院的病床上，气若游丝。他握紧母亲的手，流着泪问，妈，您要说什么？母亲看着他，说，冰箱里，我给你留了白菜心。甜的……

故乡的土路

一条小路尘土飞扬。

从远处看，土路像被遗弃的窄窄的灰褐色布条，随着风，似有了细微的飘动。路的两旁，则密密地排满绿墙一样的梧桐。夏天，这些树伸展了巨大的叶片，努力将炽热的阳光挡在路的上方；严冬，梧桐光秃秃的枝丫便合力抵挡着寒风，与山村一起瑟瑟发抖。

土路是村庄与外界唯一的通道。

有黄牛，睁着明澈的眼，打量着路尽头的土尘；有孩子，背着破旧的书包，光的脚板唤醒了山村的黎明；有姑娘，提着小巧的篮子，羞涩地浅唱着黛绿色的山歌；还有老人，飘着白髯，根根肋骨清晰可见。

土路上的人们，从晨到暮，从春至冬，一刻不停地奔忙着。可是村庄，依然安静和贫穷。

有时候，清晨，一轮紫色的朝阳挂在土路远方的树梢，好似树梢轻轻一抖，那圆圆彤红的太阳就会滚落地面。儿时的我便狂奔起来，幻想着那太阳能够等我一次。但每一次，太阳都是无一例外地升起，照着我热气腾腾的脑瓢。

后来我读书了。书读得不好，每次逃学，都会经过那条土路。我把书包藏到某一棵梧桐的高枝上，然后在土路上撒开了飞奔，直至近处的田野和远处的小河。多年后我仍然清楚地记得当时的情景：一个瘦弱的男孩，穿着与身体极不协调的长褂，急速地穿过土路上翻滚的黄褐色尘烟，奔向他梦幻般的真实。我认为，土路预示了我后来的人生。

我极不喜欢那条土路，甚至有些憎恶。我说不出缘由。

考美术师专时，父亲去送我。他没有陪我去县城，因为他知道，即使去了，也帮不上忙。很远了，我回头，看到土路的那端，父亲的身体缩成一个静止的黑点，像沾在布条上的一只蚂蚁。那时我想，考上了，就告别土路了。心里窃窃地喜着。后来我回来了，表情沮丧。我顺着土路慢慢地往回走，一个小的黑点逐渐清晰成我的父亲。父亲没有说话。他拍了拍我的肩膀。那是父亲第一次拍我的肩膀。我觉得对不住我的父亲。但父亲那时的表情，好像更对不住我。

有时在夜间，我会感受到一种深深的恐惧。我怕我长成这山村里一模一样的父辈。我怕我的一生都会在这条土路上消耗。记忆中，这条土路就没有丝毫的改变，还有一成不变的乡间岁月。

我对农民的热爱，极有些叶公好龙的色彩。是的，我会老去，但土路不会，土路上的岁月不会；其实我并不在意农民的艰辛，但我在意这种艰辛所换来的所有，对他们来说，会毫无意义。

就像土路上的那些父辈。

再后来我真的离开了。对那条土路，对那个小村，甚至对父亲，近乎绝情。仍然是父亲送我。仍然是没有说话。记得是春天，记得刮了很大的风。临行前，父亲扔给我一支香烟。那年我十九岁。我是抽着那支烟上路的。我回头，父亲再一次静止成一个小的黑点。风很大，村庄开始模糊不清，父亲也开始模糊不清。有一颗火星蹿进我的眼睛，那一刻世界猛然变成了红色。

这红色，让我的眼睛痛了好几天。

我在城市里不停地飘荡。生活变得紧张和低贱。有时我在那些高楼下面急急地行走，抬头时，一滴空调室外机的水可能恰好落到我仰起的脸上，这增添了我的孤独。尽管是柏油路，但到傍晚，我的皮鞋仍然会蒙上一层细小的尘粒。我怀疑，那些尘粒来自故乡的土路。

但土路终究是变了。前些日子回老家，那路竟铺上了沥青，梧桐也不见了，换成修剪得低矮整齐的冬青树。但路上仍然有黄牛，有顽皮的孩童和羞涩的姑娘，有白髯的老者和千年不变的传统。那时我扎了银灰的领带，穿了藏蓝笔挺的西装和乌黑油亮的皮鞋，我与故乡的风景显得格格不入。就像当初的我，对于城市。

回到家，递一支烟给父亲，我发现，我的皮鞋上仍然沾满了细小的尘埃。

没有风。我不知道，这些尘埃来自何方。

四分之一块月饼

/
/

现在的我，是不太喜欢吃月饼的，这缘于我的固执。我总是顽固地拒绝一切太过精致的东西，比如小小的工艺品，比如墙上的挂画，以及月饼。当然，我指的是现在的月饼。

月饼几乎包含了一切美好的东西。冰糖、芝麻、杏仁、豆沙、枣泥、果脯，甚至于牛肉、咸鸭蛋……全是极大众化的美食，又全是以前极不易吃到的美食。想想，月饼的起源可能是这样，秋天时候，至八月十五，一家人难得相聚，便拿出家中所有的好东西，揉在一起，烙成圆饼，然后慢慢地吃着，聊着，分享难得的喜悦。

记得最早吃过的月饼，是六个一包，拿粗黑纸包裹，扎紧，那油就浸出来，透着诱人的香。那香是用眼睛来嗅的，瞟来瞟去，不仅心里，仿佛连饥馋的胃都能够得到满足。从商店一路颤悠悠地美着，把月饼带回家，却只过了一会儿，母亲便要送人。

她说：“月饼就是送人的。”没有丝毫商量的余地。便记恨母亲，拒绝母亲特意为我炒的瓜子。

月饼送出去，过一天，又被人送回来，却成了五个。那油光便更加明显，似农人的汗渍。心中再一次开始美了，梦中都是月饼入口时的浓香。醒来，却又不见了月饼。母亲说：“又送了另一家。月饼就是送人的。”儿时的我，几乎要哭出来了。

月饼再一次被送回来，这次成了四个。母亲再送出去，再被送回，一个一个减少着。一包粗糙的月饼，几乎逛遍了半个村子，完成着礼尚往来的使命。母亲说：“只剩一个时，就不再送了。”我却担心那最后一家人不懂事，一次留下两个月饼。我那时六岁，六岁的我，为了一口吃食，已经开始担心大人们不懂事了。

其实担心完全是多余的，一包月饼逛了一圈，回来时，终于只剩一个。那天正是中秋节，晚上，母亲把月饼切成四块，全家人坐在院子里，父亲下了命令：“边赏月，边吃月饼。”我注意到，母亲手上的那一块，最小。

一边赏月一边吃月饼，是不太可能的。四分之一块月饼，张大嘴，一口正好；抿起嘴，也不过三四口而已。月亮尚未升起，月饼早已入肚，人也已经入梦。梦中，嫦娥仙子下凡了，带了浸着油渍的月饼。

后来知道，母亲之所以每到中秋向别人家送月饼，只因那时家里的日子在村中算是好的。那时，多少村人吃过母亲送出的月饼啊！也许是四分之一块，也许是六分之一块，或者，八分之一块，不管如何，那些粗糙的月饼，陪着这些村人，在秋天里，度过了一个个贫穷却同样快乐的中秋。

现在想吃月饼，不必等到秋天，也不必等到中秋节了。超市里，一年四季都有卖。包装变得豪华，口味也日渐丰富。这些月饼，被人买回，主要仍是送人，仍是当成礼尚往来的工具，味道却变了，目的也并不纯粹。月饼，承载了国人太多的“团圆”以外的任务，而不似从前，家家相送，仅仅是为了那一分乡情，以及一口中秋节的吃食。

友人送我一包月饼，打开，咬一口，确实香甜。但心中，仍是怀念儿时的四分之一块月饼。

母亲的米饭

很长一段时间，他坚信自己喜欢吃大米饭，是缘于儿时生活的贫穷。家乡是不产稻米的，那些尖尖小小温润银亮的米来自遥远的南方，连同南方乡下温暖的阳光和芬芳的泥土。他是家里唯一的男孩，也是最小的孩子，从小自然受宠。每天晚餐时他都能得到一碗让姐姐们垂涎欲滴的大米饭，有时他会与几个姐姐分享，更多的时候，则是一个人心安理得地享用。生米粒盛在很小的碗里，添了水和少许食用油，与玉米饼子地瓜们挤在同一口锅里，别的食物熟了，米饭也正好被蒸熟。那些香喷喷的大米饭让他在漫长的童年里感受到无穷无尽的快乐。

稍大些的时候，母亲便不再为他单独蒸一碗米饭。他和姐姐们一起啃着难以下咽的地瓜饼或者玉米饼，对曾经的那碗米饭深深怀念。他常常对母亲说，等长大了挣到钱，一定要天天吃米饭。其实那时候邻居们的生活已经很不错了，最起码，不必为一碗米饭精打细算。只有他们家例外。他没有父亲。

小学时他在离家很远的地方读书，需要住宿。那时一个姐姐已经出嫁，另外两个姐姐正读着高中，日子更是窘迫。可是每当他星期六回到家中，母亲总会为他蒸上一碗米饭。他已经懂事些了，他说把这些米饭留给姐姐们吃吧。母亲笑笑说，姐姐们也有。姐姐们的确有，那是母亲从牙缝里省下来的。在他以前的记忆中，只要有他在饭桌旁，只要有他的姐姐们在饭桌旁，母亲从没有吃过一粒米饭。

后来他读中学，读大学，每次回家，饭桌上都无一例外会出现一碗大米饭。母亲知道他的童年受尽了别的孩子所没有受过的苦，也许她正在试图补偿。家中的日子的确一天比一天好，那时母亲已经开了一个小商店，三个出嫁的姐姐也常常给母亲一些帮助，可是母亲仍然不肯吃一粒米饭。有时候他急了，将一碗米饭分成两个半碗，其中一碗推给母亲，母亲欣慰地笑笑，却只是象征性地吃几口就放下了筷子。母亲静静地看着他，幸福地笑着。吃米饭的时候他是快乐的，母亲也是快乐的。他知道母亲的快乐，来自他的快乐。

他将自己的半碗米饭吃完，母亲仍然笑着看他。他说妈您怎么不吃？母亲说我吃饱了。母亲开始收拾碗筷，将那半碗米饭放进饭橱。他知道，下一顿饭，母亲还会把它端上饭桌。只要是他爱吃的东西，哪怕是一根咸菜，母亲也会为他留着。一顿又一顿，母亲从不会嫌麻烦。

后来他参加了工作，一年中只能回家一两次。他的薪水并不低，每次回家，都会拎着一大堆好吃好喝的东西。这时他对米饭已经失去了那种垂涎三尺的感觉，换句话说，他并不特别喜欢吃米饭了。生活的富足是一个原因，他所工作的小城的饮食习惯是另一个原因。可是，只要他回到家，不管餐桌上如何丰盛，母亲从不忘为他蒸一碗米饭。——很小的时候，他曾经说过，长大以后要顿顿吃米饭。儿时一句接近于玩笑的话，却被母亲记挂了二十多年。

每次，他都会把那碗米饭吃掉。母亲蒸的米饭很香，是外边所吃不到的那种香。可是他对米饭，的确，没有了以前的那种感觉。如果米饭很多，母亲肯定会陪着他吃，如果米饭正好一碗，那么，母亲说什么也不肯动一筷子。母亲要给他留着，哪怕多留一粒。

有时他想对母亲说，我现在不太喜欢吃米饭了。可是他怕伤了母亲的心，终于没说。其实就算说出来，母亲能相信吗？他坚信哪怕他说上千遍万遍，母亲也会为他蒸好一碗米饭，然后端上饭桌。母亲坚信自己的判断，这判断来源于他儿时的狼吞虎咽的样子，以及一句“长大后我要天天吃米饭”。

有那么一段时间，他的事业遭遇到前所未有的挫折。他认为自己挺不过去了，每天眉头紧锁。那段时间他回了趟老家，在母亲那里住了一个多月。每天他都喝得烂醉，整个人没有一丝斗志。可是每一餐，餐桌上，照例都会有两碗米饭。是两碗，端端正正地放在他和母亲的面前。母亲说，吃点吧！他摇摇头说，吃不下。又拿起了酒杯。母亲并不劝他。等他喝完一杯酒，母亲说，我陪你，一起吃。母亲端起饭碗，静静地盯着他，让他不忍拒绝。

一个多月以后他重新回到了城市，半年以后他的事业重新走入正常轨道。有人问他是如何熬过那段最绝望的日子，他告诉他们，是因为他的母亲，是因为母亲放在他面前的一碗蒸米饭。别人当然听不懂。可是他觉得，真的是这样。

多年后母亲患了重病，住在医院。他去医院陪她，吃不好睡不好，人日渐消瘦。可是，尽管他对母亲悉心照料，尽管医生和护士对母亲体贴入微，母亲的病情还是一点一点地加重，终于在一个黄昏，他被医生叫进了办公室。医生抱歉地对他说，您的母亲，可能熬不到明天早晨——我们已经尽力了。他呆在那里很久，脸上没有任何表情。尽管早有心理准备，可是当这一天真的到来，他还是有一种天崩地裂的感觉。后来他抱着头坐到一张椅子上，久久不动。他在无声地号啕。

当他重新走进病房，母亲已经坐起来了。她的气色似乎好了很多，她在对他微笑。母亲说这些天你受累了，看看你，瘦成什么样子！他强忍悲痛说，妈，我没事。母亲说，现在我很好，你自己去吃些东西吧！他说，妈，我不饿。母亲说你怎么会不饿呢？再这样下去，你的身体怎么受得了？这时有护士过来，母亲问她，这附近有卖蒸米饭的吗？护士说，有，出了大门，第一个路口左拐。母亲笑着对他说，你去买两碗米饭回来吧。我们都吃点，我陪你，一起吃。

他终于泪水滂沱。

他知道母亲预感到自己即将离去。母亲即将离去，却仍然心疼自己的儿子没有吃饱饭，仍然记得自己的儿子喜欢吃大米饭。母亲在生命最后一刻，心里牵挂的，仍然是她的儿子。

那天，像小时候一样，母亲微笑着，看他吃下整整一碗大米饭。

娘的头发

很小的时候，家里条件非常糟糕。可是那天母亲突然做出一盘红烧肉，红烧肉端上来，浓烈的香气顿时让我口水澎湃。吃相自然是贪婪并且狼狈的，母亲静静地坐在一边，看着我，浅笑。

如果不是那根头发，我想，我会将整整一盘红烧肉吃得精光。

我不停地吃，不停地吃，我是世间的皇帝或者君王。终于红烧肉只剩四五块，可怜巴巴地挤在盘底。盘子里渐渐空旷，那头发于是闪现出来。

是长发，是黑发。漂亮的长长的有光泽的黑发。那时候，母亲还很年轻。

头发。我抬起头，说。

父亲正嚼着一小块咸菜。和母亲一样，他的筷子甚至没有碰过那盘红烧肉。他看了看我，又看了看盘子里的头发。没事，他用筷子挑走那根头发，继续嚼他的咸菜，不过一根头发。

头发怎么掉菜里去了？我顺嘴说。其实心中并不在意那根头发，说话的时候，我心花怒放地夹着一块肥墩墩的红烧肉。

不小心掉进去了。父亲瞅我一眼，怎么那么多事？

菜就脏了！我将红烧肉塞进嘴巴，菜脏了怎么吃？

父亲扔下筷子，高举起他的巴掌。父亲眨眼间变得凶神恶煞，即使多年以后，我仍然想不明白父亲的无名之火到底从何而来。是因为不懂事的我独享了这盘红烧肉？是因为我对红烧肉的不敬？是因为我对母亲的不敬？还是因为我的喋喋不休？总之父亲的巴掌狠狠掴上我的脸，将我含在嘴里的红烧肉打飞。

我愣怔片刻，号啕大哭。母亲紧张地跑过来，一边护住我，一边大声呵斥父亲。可是父亲仍然没有停下来的意思。那天，父亲变成一只暴躁的狮子。

我是哭着睡过去的。后来我被母亲叫醒，月光下，我看到她的手里端着一只盘子，盘子里，静静地躺着最后三块红烧肉。

我终于没去吃那三块红烧肉。我想这或许是对父亲最严厉的惩罚。那三块肉被母亲热了又热，最后还是被父亲吃掉。为这件事，母亲和父亲大吵了一架。

——那是父亲第一次打我——那是他们唯一的一次吵架——只因为那根头发。

只因为那根头发。那根头发像针一样深深扎进我的记忆，让我时时想起，心怀愧疚。

今年夏天回老家，跟父亲谈及此事，父亲说，你特别恨我吧？我说我不恨你，可是我难受……我不应该淘气的，更不该一个人吃掉那盘红烧肉。父亲说你都吃掉还好了……就因为你漏掉三块，你妈她半个月都没有理我。

和父亲说这些时，母亲就坐在旁边。她的头发花白，皱纹堆积。曾经年轻的母亲，正在走向老迈。

这些日子，你妈开始脱发了。父亲告诉我，脱得很厉害……真担心这样下去，她会变成秃顶。

母亲笑笑，不说话，起身，去厨房做饭去了。她当然要给我做一盘可口的红烧肉，她知道那是儿子最喜欢的一道菜。厨房里叮叮当当，母亲正在快活地忙碌。和父亲闲聊了一会儿，我决定去厨房看看母亲。

一进门我就愣住了。母亲正用锅铲翻动着她的红烧肉。香气弥漫中，她哼着曲子，神态轻松。可是她的头上，却缠了一条粗布头巾！

缠头巾干什么？我纳闷。

哦。母亲被突然出现的我吓了一跳。因为头发，她看着我，小声说，怕头发掉进菜里……

你每次做饭都要缠上头巾吗？

当然不是。今天，是你回来……

我想我明白了。为那根曾经的头发，我内疚了三十多年，母亲又何尝不是呢？而我所能做的，只是内疚罢了。这内疚没有任何道歉的举动，更没有任何试图的补偿。可是母亲呢？母亲为给她的儿子烧出的菜里不再有头发，竟然在夏天、在闷热难当的厨房里，包上了多年不用的粗布头巾！

我默默转身，退出厨房。我不想打扰母亲，更不想阻止母亲。这时的母亲是无比快乐的，我不想让她难堪。那时我只希望饭菜里不要再有头发。千万不要。

可是吃饭时，我还是发现了头发。仍然出现在那盘红烧肉里，只不过，那头发已经不再漂亮。它是花白的，干枯的。它没有光泽，它无精打采。它浅浅地黏在一块暗红色的红烧肉上，模样甚至有些丑陋。是的，单看那根头发，它的确丑陋并且哀伤。我偷看一眼父亲，我发现父亲也在偷看着我。现在我们完全可以用眼神交流。当然多年以前，因为那根头发，我们也曾有过交流，只不过那是一个成年人与一个孩子之间的交流，而现在，却是一个男人与另一个男人之间的交流。

我们做到了不动声色。我们都知道，假如母亲发现那根头发，那么今天，她注定是伤心和自责的；甚至一连几天，她都是伤心和自责的；甚至，也许这一辈子，她都会因为这件事情而深深伤心和自责。

可是接下来的事情，让我，让我的父亲，全都大吃一惊。

……我看到母亲悄悄将筷子伸向红烧肉，伸向那块沾了头发的红烧肉。我看到她的筷子第一次没有夹稳，我看到她重新夹了一次。我看到她把沾着头发的红烧肉送进嘴里，轻轻咀嚼，慌张地咽下。我看到她在做这些的时候，一直装作漫不经心。然后，当这一切做完，她偷偷看我一眼，露出浅浅的笑……

母亲笑着说，海亮，多吃些，今天的菜里，不会再有娘的头发。

饭桌上我没有哭。饭桌上，我将所有的菜都打扫得干干净净。可是吃完饭，当我站起来，当我背过身去，刹那间，我泪流满面。

隔壁的父亲

父亲敲门的时候，我正接着一个电话。电话是朋友打来的，约我中午小酌。我从父亲手里接过一个很大的纸箱，下巴上，还夹着叽里呱啦的电话。

父亲寻一双最旧的拖鞋换上。问我，要出去？

我说朋友约吃中饭。不过，不着急。我打开纸箱，里面，塞满烙得金黄的发面烧饼。

这才想起又该七月七了。我们这里风俗：七月七，烙花吃。花，即发面烧饼。以前在老家，每逢七月七这天，心灵手巧的母亲都会烙出满锅金灿灿香喷喷的烧饼，我进城以后，母亲便会将烙烧饼的时间提前几天，然后打发父亲将烧饼送到城里。老家距城市，不过两小时车程，但我似乎总是没有回家的时间。

和父亲喝了一会儿茶，电话再一次响起。我跟父亲说，要不一起过去？父亲惊了的表情，说，这怎么行？我一个乡下人，怎好跟你的朋友吃饭？我说那有什么？正好把您介绍给他们。父亲一听更慌了，说不去不去，那样不仅我会拘束，你的朋友们也会拘束。我说难道您来一趟，连顿饭也不吃？父亲说没事没事，回乡下吃，赶趟。我说干脆这样，我下厨，咱俩在家里做点吃的算了，我这就打电话跟他们说。

父亲急忙将我阻拦。他说做人得讲诚信，答应人家的事情，再失约，多不礼貌……你去吃饭，我正好回乡下——乡下好多事呢。我说您如果真不去的话，我也不去了……当爹的进城给儿子送烧饼，儿子却没管饭，等我回村，别人还不把我骂死？……再说，我早就想跟您吃顿饭了。

费尽九牛二虎之力，终与父亲达成协议——偷偷在那个酒店另开一个只属于我和父亲的小包房。这样，我就既能够不驳朋友面子，又能陪父亲吃一顿饭了。父亲倒是勉强同意，但路上还是一个劲地嘱咐我别点菜，就要两盘水饺就行了——一人一盘，聊聊天，多好。去了，小包间正好被安排在朋友请客的大包厢的隔壁，我没敢惊动朋友，悄悄帮父亲点好菜，又对父亲说，等菜上来，您慢点吃，我去那边稍坐片刻，马上回。父亲说那你快点儿啊！还有，千万别说你爹就在隔壁啊！我笑了。父亲与刚刚进城时的我，一样拘谨。

做东的朋友一连敬酒三杯，废话连篇。我念着隔壁的父亲，心里有些着急。我说要不我先敬大伙一杯酒吧，敬完我得失陪一会儿，有点事。朋友说还没轮到你敬酒呢！……又没什么事，今天咱一醉方休。我说可是我真有事。朋友说给一个说得过去的理由，就放你走，否则，罚你六杯。我笑笑，我说，我爹在隔壁。

满桌人全愣了。

我说今天我爹进城给我送烧饼，我把他硬拉过来。让他过来坐，他死活不肯。现在他一个人在隔壁，我想过去陪他一会儿。

朋友们长吁短叹，说你爹白养你这个儿子了，你这算什么？在隔壁给他弄个单号？虐待他？你愣着干什么，快请他过来啊！

我说他肯定不会过来。如果你们不想让他拘束让他难堪，就千万不要拉他过来。

朋友说，那我们现在过去敬杯酒，这不过分吧？

我说这挺好。不过你们真想敬他一杯酒的话，就一起过去。千万不要一个一个敬啊！他喝不了多少……

朋友们全体离桌，奔赴隔壁。但推开门我就愣住了，房间里只剩一个埋头拖地的服务员。我问刚才那位老人呢？服务员说早走啦！你点的菜，也都被他退啦！不过他还是打包带走了一盘水饺，他说，想给乡下的老伴尝尝城里的水饺。

父亲进城一趟，送我五十六个烧饼，一兜大蒜，一兜土豆，一兜菜豆，一兜韭菜，两个丝瓜，八个南瓜，然后，在一个小包厢里独坐一会儿，再然后，饿着肚子回家。而他的儿子，却在隔壁与一群朋友吹牛扯皮胡吃海塞，还美其名曰：周末小酌。

我端起杯，对朋友们说，咱们敬我父亲一杯吧！朋友们一起举杯，那杯酒，就干了。

但我的父亲，既不会看到，更不会知道。此时他正坐在开往乡下的公共汽车上，怀里，抱着一个装了城里水饺的饭盒。

父亲的骄傲

//

父亲退休后回到乡下。他在城市做了十几年工，却没有能力将家安在城市。父亲说这样也好，本来，他就属于乡下。乡下有山有水，有绿的田野和骡马亲切的气息，城里有什么呢？“连公园里的大树都是从乡下连根拔起然后挪栽过去的。”父亲这样说。

然而他的儿子却住在城市。年轻人和老人对于城市的看法，正好相反。城市里有霓虹，有超级市场，有高耸的写字楼和飘散着香气的咖啡厅，乡下有什么呢？“连镇上的路灯都是城市淘汰掉的。”儿子这样说。

儿子在城市有一份属于自己的工作，却没有一栋属于自己的房子。儿子在工作之余写诗歌、写散文、写小说，发表后，样刊和稿费，都是寄回老家。没有固定收件地址是原因之一，原因之二，他也想让老人在村人面前炫耀一番。其实更是他自己的卖弄和显摆——记得在从前，村里没有人认为他可以在杂志上发表一个字——现在他想要村里人知道，他不但可以在刊物上发表文章，他还是作协会员。

稿费被父亲一笔一笔地记到本子上，样刊被父亲一本一本锁进柜子里。邮局距村子约有两公里，每一次来了稿费，父亲都要徒步去取。有时候母亲劝他：“就不能多攒几张单子一起去取？”父亲说：“反正闲着也没事，权当散步了。”就出了院子，手里紧紧地攥着稿费单。村人见了，问他：“干什么去呢？”父亲就会自豪地回答：“给儿子取稿费去啊！”那表情，似乎儿子刚刚获得了诺贝尔文学奖。

可是父亲的腿脚并不灵便，去邮局途中，他常常需要停下来休息一会儿。即使这样，父亲也从来没有让任何一张稿费单在家里过夜。

这一寄，就整整寄了五年。后来儿子回老家，村人见了，半是玩笑半是认真地说：“大作家回来啦！”儿子嘿嘿笑着，表情竟有些拘谨和不安——他已经过了那种自以为是的年龄，现在他认为作家并非一种身份而是一种职业。——与工人农民一样的普通的职业。可是如果父亲这时候恰好也在旁边，那表情就会非常得意。——作家在父亲心目中仍然是神圣的，父亲仍然以他为荣。——可是他对父亲的举动，却微微有些反感了。

那一年他在城市里有了自己的房子，于是就跟父亲商量，以后能不能把样刊和稿费寄到城里，这样不仅自己方便，父亲也能清闲一些。父亲看看母亲，母亲说那样也好。“你爹的腿脚一天不如一天了，有时去一趟邮局，中间得歇两次。”母亲替父亲作主，“以后，就寄到城里算了。”

父亲一直没有说话。他盯着自己绞到一起的两只手，目光变得黯淡无光。他昏昏懵懵地睡了一个下午，醒来，对老伴说：“我想再开一块菜园。没有事做，我会闷死的。”

其实父亲并非没有事做。他也钓鱼，也打牌，也和村子里的老哥们喝茶聊天。不去村委给儿子取信件不去邮局给儿子取稿费就突然觉得无事可做了，母亲和儿子，都认为他的话有些夸张。

似乎父亲就是从这一天开始变老的。在街上散步时，他的腰杆不再挺得笔直；和一群老哥们喝茶聊天时，也不再妙语连珠；他的腿脚变得更加不便，回到家，常常跟老伴抱怨这儿痛那儿痛。菜园倒是常常去看，可是即使去了，也多是默默地坐在那里抽一根烟。有什么活可干呢？巴掌大的一块菜园，干一天，半个月都不用再去理它。

这些事儿子并不知道。儿子在城里忙他的事业，写他的诗歌、散文和小说。样刊和稿费直接寄到新居，这让他省去不少麻烦。只是春节回到老家，他发现父亲的话少得可怜，背也更驼，人似乎比夏天时又老了很多。他问父亲身体不好么？父亲说身体很好。他问母亲爹怎么了？母亲说可能是闲的吧！“以前天天忙着给你去取稿费和信件什么的，他反倒精神些。”母亲也许猜到了父亲衰老的真正原因，可是儿子在这件事上，反倒显得有些愚钝。几天后回城，样刊和稿费，仍然寄到城里的新家。

一个月以后他接到母亲的一个电话。母亲说你爹今天突然变精神了，不但胃口极好，话也像以前那样多起来，人似乎也在突然间年轻了很多。他问母亲为什么。母亲说她也不知道。“不过今天早晨，镇上邮递员送过来一张你的稿费单。也许是你忘了让那家杂志社改地址，他们就把稿费单仍然寄到这里来。钱不多，58块。你爹帮你把这笔钱记到本子上，然后乐呵呵地帮你去取了。他说路上他一次都没有歇，只感觉两条腿，变得像年轻时一样灵便……”瞬间，儿子恍然大悟。他问我爹呢？母亲说他吃完晚饭就出去了。“去和那帮老哥们喝茶了吧？这老家伙，肯定要跟他们显摆这张稿费单呢……”

放下电话，儿子偷偷地红了眼睛。他一直认为对父亲的一切都很关心，现在想来，他的这种关心，更多只是一种自以为是吧！以前他只知道向村人证明自己，后来他只知道父亲的身体不好，却唯独忽略了自己是父亲的儿子，是已经老去的父亲的儿子。每个父亲都曾经是儿子的骄傲，每个儿子又都会变成已经老去的父亲的骄傲。其实父亲愈老愈天真吧？他迫切需要将儿子的成绩变成自己的骄傲。尽管这成绩可能很小，小到微不足道，甚至根本不是什么成绩，但是没有关系，父亲可以夸大。能夸大儿子的成绩，能在别人面前招摇被夸大了的儿子的成绩，对每一位父亲来说，都是一种无可取代的快乐。——那时，每一位父亲都像儿子的儿子般单纯和天真，年纪越大，这种单纯和天真表现得越是强烈。或许，这正是每个父亲的天性、每个男人的天性吧？

第二天，儿子给所有的杂志社打了电话。他请求他们将样刊和稿费仍然寄回他的老家，他说如果有可能，请在信封的收件人位置，写上父亲的名字。

母亲的眼睛

//

母亲的祖母60岁以后陷入黑暗，母亲的母亲50岁以后双目失明，母亲今年35岁，她7岁的儿子，双目炯炯有神。

然而母亲总为他担惊受怕。有时候，夜里打一个寒战，突然醒来，浑身被汗水浸透。母亲开了灯，想着刚才的噩梦，暗自祈祷着，轻轻推开儿子卧室的木门。儿子恬静地睡着，睫毛一眨一眨，翻个身，呼吸均匀。

假如顺其自然，母亲知道，她将会变成盲人，她的儿子也将会变成盲人。是可怕的家族遗传，避不开，逃不掉。黑暗像狰狞的魔爪，笼罩在她和儿子头顶，时刻准备着凶残的一击。母亲憎恨过她的家族，憎恨过她的祖母和母亲，甚至憎恨过她自己——有些人自出生起就注定伴随不幸，她和儿子就是这样。母亲曾不想生下她的儿子，但当她试图结束腹中的小小生命时，她还是动摇了。他是我的孩子啊！她流着眼泪对她的母亲说，他也是一条生命啊！终于母亲生下了他，同时带给他与生俱来的不幸与灾难。

可是母亲又有几分庆幸。她庆幸这个时代。几年以前她找到千里之外的一名医生，医生告诉她，她和她的儿子的眼睛，完全可以通过手术医好。手术越早越好，医生对喜极而泣的母亲说，特别是对于你的儿子。然后，他为母亲开出一个天文数字的手术费用。那数字令母亲眩晕，母亲想也许她一辈子都赚不到这么多钱。——希望之火似乎就在不远处，你甚至可以看见它在闪烁跳跃，你甚至可以感觉到它温暖的热度，但这条路又是如此漫长，母亲不知道自己能否抵达。

母亲开始疯了般地赚钱。每天她需要在工厂工作八个小时，下了班，回家安顿好儿子，又要去雇主家中做两个小时的钟点工。从雇主家出来已经很晚，母亲拖着她极度疲惫的身躯，还要赶去另一位雇主家……母亲的工作时间远在十二个小时以上，每一天，母亲都在严重透支着她的体力和健康。她吝啬地对待着每一分钱，她知道，每省下一分钱，她的儿子距离手术台，就近了一步。

她的视力每一天都在下降。世界变得愈来愈模糊，每一天，她都会有短暂的完全失明的时刻。有时候，正上着工，她的眼前突然一片黑暗，就连近在咫尺的卡刀都看不见。母亲不得不停下来，扶住墙，让她的视力慢慢恢复。好几次，母亲差一点儿将她的手，塞进飞速旋转的锋利的刀口。

母亲知道自己即将失明。母亲还知道她必须赶在完全失明以前赚足儿子的手术费。她跟医生谈过，医生说你和你儿子现在的情况，你的眼睛才是当务之急。她说不，我想让我的儿子动手术。医生说你的儿子还小，现在动手术虽然是最佳时间，但他总还有机会。可是你不一样，如果不动手术，你肯定会变成瞎子，不会有任何补救的机会。她说我知道，可是我不可能赚够两个人的钱。医生说那么，你能接受你变成瞎子吗？她说我能接受……我没有办法，我只能接受……现在只有我能够挽救自己的儿子……再说儿子长大了，我要不要眼睛，也就无所谓了。

她继续发疯般地赚钱。她甚至又接了一份洗衣服的工作。她努力不让她的上司和雇主知道她的眼睛即将看不见了。她用一位女人能够想到的所有手段来掩饰自己。她凭听觉工作。她凭记忆走路。她用一个个模糊的黑色轮廓来猜测她眼前的世界。每天晚上她很晚才回家，只要她的儿子没睡，她都会拿出那个存折，让她的儿子念出那上面的数字。她得知道儿子的眼睛没有任何问题。她得知道存折上面的数字已经非常接近。她笑了，笑出一滴眼泪。她的面前一片黑暗，深不可测。

只需要再领一个月的薪水，她就可以带着儿子去远方的城市动手术了。然而此时的她，已经接近于全盲。

那个月的薪水装在她的口袋里。那笔钱不多，可是对她却无比重要。她走在马路上，摸索着向前，那条偏僻的马路车辆稀少。她慢慢往家的方向走，尽管走得很小心，可是身体还是一点一点地接近马路的中央。一辆汽车冲过来了，她听到橡胶轮胎在沥青路面上摩擦出尖锐刺耳的调子。然后，她的身体便飘了起来。空中她捂紧口袋，想起自己年幼的儿子。

醒来时她闻到刺鼻的酒精气味。面前影影绰绰，她听到一个温柔的女声说，您总算醒过来了！她问我是在医院吗？对方说是的，您是在医院。您被一辆汽车撞到了，有好心人拨打了我们的电话。她说撞我的汽车呢？对方说汽车已经逃走了。她问好心人呢？对方说好心人也走了。她问我很严重吗？对方说不是很严重，不过我们还要做进一步的检查。她说不行，我得回家看我的儿子。对方说您必须做一下全面的检查……我们可以同时通知您的家人。她说我只有儿子。我没有钱……我的钱得留给儿子做手术……我不能花我儿子的钱为自己治病。她拽掉吊针，爬起来，往外冲。护士抱住了她。护士说，您需要冷静。

她还是趁护士不注意的时候逃出了医院。世界伸手不见五指，她是凭感觉和记忆回到家的。她浑身都痛，她踉踉跄跄。有一段距离，她几乎是在爬。她回到家，喊来她的儿子，她说帮我看看我口袋里的钱。儿子说，两千三百五十六块。她说那存折上呢？儿子说，十五万六千九百三十块。她长舒一口气，笑笑。她说儿子，你愿意跟我去远方做一个手术吗？儿子问什么手术？她想了想，说，一个小手术……我保证它一点儿也不会疼。儿子问不做行吗？她说当然不行……为了你以后还能看见太阳，看见葵花，看见马路和楼房，看见大海和高山，看见你的朋友和你的妈妈，你就必须去做。儿子想了想，耸耸肩膀，愉快地说，好吧。

母亲就笑了。她摸着儿子的脸，心里对自己说，现在，你可以放心地瞎了。

她流下一滴眼泪，正好砸中儿子的眼角。

岁月的鞋子 //

穿在我脚上的鞋子，陪伴了我一段贫穷并且温馨的岁月。

我记事很早。至今我仍然隐约记得母亲给我做过的虎头鞋。虎头鞋喜庆并且厚实，鞋面上，一对走起路来就拍拍打打的老虎耳朵。我穿着这样的鞋子在院子里疯跑，母亲坐在小板凳上，看着我，笑。那时母亲还很年轻，那时母亲头发乌黑、面色红润。母亲也许在择一把青菜，也许在剥一筐玉米，不管母亲在干什么，全用了微笑的表情。母亲说，小亮，慢点跑。母亲眼睛明亮，目光柔软。

后来稍大些，母亲便不再为我做虎头鞋。但我的鞋子仍然出自母亲之手，却只用了一块帆布、一团麻线和十几个夜晚。那是最标准的千层底儿，那底儿几年也穿不烂。我穿着那样的鞋子上小学，却只需几天，便让鞋面露了脚趾——母亲可以用千针万线纳出结实的鞋底，却没有办法找到一块结实的布料做鞋面。我记得那时商店的柜台上已经摆了很漂亮的鞋子，商品一天比一天富足。可是母亲从不肯为我买一双哪怕最便宜的鞋子，母亲只是农民，她认为一双成品布鞋不是农民的孩子所能够消费和享用的奢侈品。

我永远忘不了我的第一双成品鞋。是运动鞋，其实不过是一双沾上“运动”概念的布鞋。那时我已经上小学三年级，那时对别的家庭来说，买一双成品布鞋已经太过平常。大年初一那天，早晨，母亲郑重地将鞋子摆到我的面前，连同一双雪白的运动袜。我穿上鞋子，在炕上蹦，在炕上走，在炕上跑，却不敢下地。我怕将鞋子弄脏，我怕我再也没有机会得到一双真正的运动鞋。母亲坐在炕沿，看着我，笑。我眨一下眼睛，母亲就变老了。

是的，我以为母亲永远都不会变老，可是她的确正在老去。我高中毕业以后，就进了工厂。那时候，一个农村孩子能进到工厂，并不容易。工厂在离村子一百多公里的城市，临行前，我默默收拾行李，心中半是惶恐，半是快乐。这时母亲走过来，说，这个也带上吧。

是一双皮鞋，有着漂亮的色泽和温润的品质。母亲说城市不比乡下，别让人家看不起。说话时，母亲低了头，我发现母亲泪光闪闪。我还发现母亲的白发，那些白发藏匿于黑发之间，却那么醒目，令人伤感。令人伤感的还有皱纹，一道道，一条条，不深，却顽固地趴伏在母亲的眼角，嘴角，额头……我说妈，你有白头发了。母亲笑一笑，不语。我说妈，你有皱纹了。母亲笑一笑，仍不语。她伸出手，想将皱纹抹平，却将皱纹抹了一脸。

母亲变老了。当孩子长大成人，母亲就变老了。似乎天下所有的母亲都是这样——自从有了儿女，她们的青春时光，就已经结束。

那么，该是我为母亲做点什么的时候了。只是做点事情，我不敢妄称“报答”。

不过是做点事情。比如帮母亲扫扫地，帮母亲揉揉肩，帮母亲洗洗菜，陪母亲说说话，或者，更多时候，不过是回老家时，在手里拎上一点东西。母亲照例会静静地看着我，笑。母亲真的老了，笑时，完全有了老人的样子。

去年夏天，老家来人，帮我捎来一蛇皮口袋东西。那是母亲托他捎来的，尽管母亲很想我，可是她很少进城。蛇皮袋里装了黄瓜，西红柿，茄子，辣椒，大葱，韭菜，青玉米，那简直就是一个小型的菜园。而在这些青菜里，却夹着一双拖鞋。

母亲亲手为我织成的拖鞋，蓝色的拖鞋，用了结实的线。拖鞋穿上脚，柔软，舒服，踏实，咯吱吱响——那是母亲的声音。

心猛地颤一下。突然想起，这么多年，我竟没有为母亲买上一双鞋子。

我进到城市，成为作家，我自以为很孝顺，可是我仍然羞愧。因为我忽略了母亲的鞋子。因为这么多年，我总是忽略了母亲的鞋子。我只知道母亲为我做了无数双鞋，我只知道母亲的脚步从来不曾停歇，可是我从来没有注意母亲到底穿什么样的鞋子。我为自己的发现深深自责，我认为，我不是一个合格的儿子。

匆匆跑去鞋帽超市，却发现那里为老人准备的鞋子，其实并不多。鞋子们挤在角落，显得无足轻重。我挑了很久，选中一双棉布拖鞋、一双平底布鞋、一双保健鞋。我让售货小姐帮我包起来，售货小姐却笑了。她说，你好像忽略了鞋子的尺码。

我想，我不是忽略了鞋子的尺码，我忽略的是我的母亲。那天我没有把电话打给母亲，我怕她伤心。她走了一辈子路，她为儿子做了一辈子鞋，可是她的儿子在为她买一双鞋子的时候，竟然弄不清楚确切的尺码。

最终我把电话打给了父亲。两天以后，当我把三双鞋子送给母亲，母亲表现得很是平静。可是我知道平静背后的母亲是快乐的。那快乐就像儿时的我穿上虎头鞋和千层底儿，就像少年的我穿上运动鞋，青年的我穿上皮鞋……母亲的快乐因了三双鞋子，母亲的快乐，因了她的儿子终于将她读懂。

是这样，我终于将她读懂。我懂音乐，懂美术，懂文学，懂市场营销，懂很多她想象不到的东西，可是这之前，我并没有读懂我的母亲。

我想那不是三双鞋子。那是我们的交流。交流来得如此之晚，在母亲老迈的时候。

我常常想，假如岁月也有鞋子，那么岁月的鞋子，该也在变换吧？虎头鞋，千层底儿，运动鞋，皮鞋，再然后，布鞋，慢跑鞋，或者拖鞋。然而现在，我只希望，不管岁月穿了什么样的鞋子，她的脚步一定要慢下来，慢下来，让我的母亲，让我们的母亲，能够在她们的最后岁月里，多看一眼她们的儿女。

这时候，她们活着，只为我们。

父亲的布鞋 母亲的胃

一位朋友童年时，正赶上了三年困难时期。他告诉我，他能活到现在，全靠了父亲的一双布鞋。

朋友老家在鲁西南，一个平常都吃不饱饭的贫困山村，何况全国人都挨饿的那三年？朋友说他记事比较早，在那三年的漫长时间里，他每天要做的事情，就是寻找各种各样的东西往嘴里塞。槐树叶吃光了吃槐树皮，草根吃光了吃观音土。观音土不能消化，把他的肚子胀成半透明的皮球。可是，在那样的年月，即使可以勉强吞咽下去的东西，也是那么少。朋友经常坐在院子里发呆，有时饿得突然昏厥过去。而朋友这时候，还是一个孩子。

朋友的父亲在公社的粮库工作。有一阵子，粮库里有一堆玉米，是响应号召，留着备战用的。饥肠辘辘的父亲守着散发着清香的玉米，念着骨瘦如柴甚至奄奄一息的妻儿。有几次他动了偷的心思，毕竟，生命与廉耻比起来，更多人会选择前者。但朋友的父亲说，那是公家的东西，即使我饿死了，也不会去拿。

可是他最终还是对那堆粮食下手了。确切说是下脚。他穿着一双很大的布鞋，要下班时，他会围着那堆玉米转一圈，用脚在玉米堆上踢两下，然后，若无其事地走回家。他的步子迈得很扎实，看不出任何不自然。可是他知道，那鞋子里面，硌得他双脚疼痛难忍的，是几粒或者十几粒玉米。回了家，他把鞋子脱下，把玉米洗净，捣碎，放进锅里煮两碗稀粥。朋友的母亲和朋友趴在锅沿贪婪地闻着玉米的香味，那是两张幸福的脸。

这时朋友的父亲会坐在一旁，往自己的脚上抹着草木灰。他的表情非常痛苦。这痛苦是因为磨出血泡甚至磨出鲜血的脚掌，更因为内心的羞愧和不安。他知道这是偷窃，可是他没有办法。他可以允许自己被饿死，但他绝不允许自己的妻儿被饿死。朋友的父亲在那三年的黄昏里，总是痛苦着表情走路。他的鞋子里，总会多出几粒或者十几粒玉米、高粱、小麦、黄豆……这些微不足道的粮食，救活了朋友以及朋友的母亲。

朋友说，他小时候认为最亲切的东西，就是父亲的双脚和那双破旧的布鞋。那是他们全家人的希望。那双脚，那双鞋，经常令我的朋友垂涎三尺。

饥荒终于过去，他们终于不必天天面对死亡。可是他的父亲，却没能熬过来。冬天回家的路上，父亲走在河边，竟然跌进了冰河。朋友说或许是他的父亲饿晕了，或许被磨出鲜血的双脚让父亲站立不稳，总之父亲一头栽进了冰河，就匆匆地去了。直到死，他的父亲，都没能吃过一顿饱饭。

朋友那天一直在呜咽。他喝了很多酒。他说多年后，他替父亲偿还了公社里的粮食，还了父亲的心债；可是，面对死去的父亲，他将永远无法偿还自己的心债。

朋友走后，我想起另外一个故事。故事是莫言讲的，发生在山东高密东北乡。

也是三年困难时期，村子里有一位妇女，给生产队推磨。家里有两个孩子和一个婆婆，全都饿得奄奄一息。万般无奈之下，她开始偷吃磨道上的生粮食。只是囫囵吞下去，并不嚼。回了家，赶紧拿一个盛满清水的瓦罐，然后取一支筷子深深探进自己的喉咙，将那些未及消化的粮食吐出来，给婆婆和孩子们煮粥。后来她吐得熟练了，不再需要筷子探喉，面前只需放一个瓦罐，就可以把胃里的粮食全部吐出。正是这些粮食，让婆婆和孩子们熬过了最艰苦的三年。

她也熬过了那三年。她比朋友的父亲要幸运得多。可是，在她的后半生，在完全可以吃饱饭的情况下，这个习惯却依然延续。不管什么时候，只要看到瓦罐，她就会将胃里的东西吐个干净。她试图抑制，可是她控制不了自己。

当她的儿女们可以吃饱了，她的胃，可能仍是空的——因为她看到了瓦罐。

我不知道应该形容他们伟大，还是卑贱？回想我的童年，应该是幸福的。既没有眼巴巴盼着父亲布鞋里的几粒粮食，也没有等着母亲从她的胃里吐出粮食然后下锅。可是我相信，假如我生在那个年代，他们肯定会这么做。并且，我相信世上的绝大多数父母，都会这么做。因为他们是父母，那是他们的本能。

你是怎么长大的？也许你长大的过程远没有那么艰难和惨烈，但是请你相信，假如你生在那个时代的贫苦乡村，假如你有一位看守粮库的父亲或者在生产队推磨的母亲，那么，支撑你长大的，将必定是父亲鞋子里沾着鲜血的玉米或者母亲胃里尚未来得及消化的黄豆。

请爱他们吧。

第二辑

那些故事里的爱与晨光

看见春天

街路划一条漂亮的弧线，探进公园深处。公园绿意盈盈，却有桃红粉红轻轻将绿意打破。柳絮开得模糊，阳光里飘起，落满一地。鸽子们悠闲地散步，孩子们快乐地玩耍，空气里弥漫着花香，沁人心脾。春天属于山野，属于城市，属于公园，属于公园里每一朵勇敢开放的丑丑的小花。

春色惹人醉。

可是女孩的棍子畏畏缩缩，慌乱并且毫无章法。灾难突然间来临，令她猝不及防。现在几个月过去，她仍然不习惯手里的棍子，不习惯战战兢兢地走路，不习惯眼前永远的黑暗。女孩面无表情，棍子戳戳点点。于是，那棍子，碰到了毫无防备的老人。

老人发出极其轻微的“嘘”的一声。

对不起。女孩急忙停下来，对不起……戳痛你了吧……真的对不起，我是一个盲人……

没关系的。老人轻轻地笑，你不用解释……我知道，你只是有些不便。

只是有些不便？女孩的神情霎时黯淡下来，可是我看不见了，永远看不见了……就像现在，每个人都可以在这里欣赏春色，我却不能……

可是孩子，老人说，难道春天只是为了给人看吗？难道春天里的一花一草，只是为给人欣赏而存在吗？

难道不是吗？

当然不是。老人说，比如我面前就有一朵花……这朵花很小，淡蓝色，五个花瓣……也许它本该有六个花瓣吧？那一个，可能被蚂蚁吃掉了……花瓣接近透明，里面是鹅黄色的花蕊……我可以看得见这朵花，然而你看不到。可是这朵花因为你没有看见它而懈怠吗？或者，就算我今天没有坐在这里，就算我今天也没有看到它，就算整个春天都没有人看到它，它会因此而懈怠吗？

……

还有无数山野里的花花草草，有多少人会注意它？或许它的一生，都不会被发现、被关注、被赞美，可是，它们为此而懈怠过吗？还有那些有残缺的花儿，比如被虫儿吃掉花瓣，啃了骨朵，比如被风雨折断，被石块挤压，比如我眼前的这一朵，它们可曾因为它们的残缺和大自然给予它们的不公就拒绝去开放呢？

……

春天或许是花儿最美的季节，却绝不是唯一的季节。你该知道，当秋天来临，所有开过的花儿，都会结成种子。就像我眼前的这朵小花，它也会结出它的种子……这与它的卑小无关……更与它的残缺无关……它是一朵勇敢的花儿，勇敢的花儿都是快乐和幸福的。你认为呢？

……

你在听吗？孩子。

是的，奶奶，我在听。

花儿就像你，你就是花儿……为什么闷闷不乐呢？为什么要放弃开放的机会呢？为什么要放弃整个春天呢？

我没有放弃春天……可是我看不到春天……

你还可以去触摸，孩子……你可以触摸花草，触摸鸽子，触摸土地和水，阳光与柳絮……其实盲人也是可以看到这世界的，却不是用眼睛，而是用心，用感觉，甚至，用爱……

您是说，用爱吗？

你认为呢？你该知道，在这世上，除了你，还有你的父母，你的亲人，爱你和关心你的人……如果你连春天都不再去爱，那么，你怎么去爱他们？我知道你看不见春天，可是你的心里，难道不能拥有一个温暖而美好的春天吗？只要你还相信春天，那么对你来说，这世上就还有春天。只要你是快乐的，那么，你的亲人也是快乐的。只要他们是快乐的，那么，你也就快乐了。我说的对吗？孩子。

……可是我不知道这里的春天是什么样子的。奶奶，你愿意把你看到的告诉我吗？

当然可以，孩子，我很乐意……你的面前有一朵花儿，蓝色的花儿，五个花瓣……你的旁边有一棵树，树长出嫩绿色的叶子，那些叶子很小，漂亮的心形……再旁边有一个草坪，碧绿的草坪，有人在浇灌它们……再往前，是一条卵石甬道，鸽子们飞过来了，轻轻啄着人们的手心……柳絮落下来了，就像一条一条调皮的毛毛虫……

女孩听得很是痴迷。她的表情随着老人的讲述而变化，而每一种变化，都是天真和幸福的。似乎，女孩真的看到了整个春天。

女孩是笑着离开的。她的棍子在甬路上敲打出清脆的声音。她步履轻松。她像春的精灵。

然后，老人轻轻拍拍她身边的导盲犬。她说虎子，我们该回家了。她戴着很大的墨镜。她悄无声息地走向春的深处。

春光美，春色惹人醉。有时三点两点雨，到处十枝五枝花。

空瓶子

没有考上理想中的大学，他心灰意冷。仿佛一切都失去了意义，他认为自己正在经历人生中最大的困难与挫折。整个暑假他浑浑噩噩，看什么都不顺眼，干什么都没有精神。临开学时，父亲问他，想不想做个游戏？他问，怎么做？父亲找出一个空瓶，说，我们假设这个瓶子可以装得下你一生中所有困难和挫折，那么现在，对你考不上理想的大学这件事，你认为装多少合适？他想了想，说，半瓶吧。父亲拿来一瓶酒，让他往空瓶子里倒，他毫不犹豫地将手中的空瓶装满一半。父亲用蜡和木塞将瓶口封紧，说，等你认为挫折完全过去的时候，再把这半瓶酒喝光。

上了大学以后，他才发现问题并没有想象中严重。他竟然发现自己狂热地喜欢上自己的专业，他甚至庆幸自己能够来到这所大学。假期回家，他跟父亲说了，父亲便拿出那个酒瓶，说，现在你认为你的挫折完全过去了吗？他笑笑，将半瓶酒匀进两个酒杯，和父亲对饮。是烈性酒，他只能喝下一点点。父亲一边和他喝着酒一边说现在你是不是觉得当初你把困难夸大了？他不好意思地笑笑，说，好像是这样。

大三那年，他失恋了。被人抛弃的滋味让他突然对自己失去信心，对这个世界失去了信心。假期回家，在父亲的再三追问下，他把与那个女孩的一切都告诉了父亲。父亲问我们接着做那个游戏？他点点头。父亲问他，那么现在你认为，往里面装多少酒合适？他想了想，将空瓶装满三分之一。父亲问感情的事情难道没有学业重要？他笑笑，不语。父亲再把瓶口封紧，对他说，等你认为这件事情已经不会再影响到你的心情时，就把这些酒喝光。

尽管失恋给他造成很大打击，尽管这打击让他在很长一段时间神志恍惚，但恋爱毕竟不是生活的全部。半年过去，他再一次恢复了以前爱说爱笑的样子。失恋会让一个人长大，他甚至感谢自己的这段经历。当然，过年回家时，也再一次和父亲喝掉那三分之一瓶烈性酒。酒喝完，父亲说，你觉得这一次，你把失恋这件事情夸大了吗？他仍然笑笑。他说，好像真的是这样。

然后，毕业，却找不到理想的工作。一切都与大学时的憧憬相距甚远，他感到前途渺茫，一切充满了未知。父亲打电话过来，说不妨回家休息一段时间，待有了好的精神状态，再回去找工作也不迟。听了父亲的话，他再一次回到老家。父亲仍然拿出那个空瓶，说，把你现在认为的困难装进去吧。这一次他想了很久，却只往里面倒进去一点点酒。父亲问够了？他说足够了。父亲问你正在经历的，就这点困难？他说是，就这些，也极有可能被我夸大了。

一个月以后他重新返回城市，竟然顺利地找到了理想的工作。过年回家时，和父亲一起，将那点酒喝掉。

晚上和父亲一起去海边散步，父亲的手里拎着那个空空的酒瓶。父亲说其实你面临的困难和挫折越来越大——学业，情感，事业——这些对你的人生越来越重要，可是你却认为它们一次比一次小……他说的确是这样，可是当我喝掉那些酒时，我才发现，我当初真的是把这些困难和挫折放大了。父亲说那么这个瓶子还有继续留下来的必要吗？他说我认为没有必要了……尽管今后我肯定还会遇到更大的困难和挫折，但我知道，所有的困难和挫折终会过去，再回首时，看到的，不过是一个空空的瓶子。

父亲笑了笑，将手中的瓶子，扔进了大海。

嗨，迈克！

迈克得了一种罕见的病。他的脖子僵直，身体僵硬，肌肉一点一点地萎缩。他的病情越来越重，最后完全失去了自理能力。他只能坐在轮椅上，保持一种固定且怪异的姿势。他只有十四岁，十四岁的迈克认为自己迎来了老年。不仅因为他僵硬不便的身体，还因为，他的玩伴们，突然对他失去了兴趣。

母亲常常推着迈克，走出屋子。他们来到门口，来到阳光下，背对着一面墙。那墙上爬着稀零的藤，常常有一只壁虎在藤间快速或缓慢地穿行。以前迈克常盯着那面墙和那只壁虎，他站在那里笑，手里握一根棒球棒。那时的迈克，健壮得像一头牛犊。可是现在，他只能坐在轮椅上，任母亲推着，穿过院子，来到门前，靠着那面墙，无聊且悲伤地看面前三三两两的行人。现在他看不到那面墙，僵硬的身体让那面墙总是伫立在他身后。

十四岁的迈克曾经疯狂地喜欢诗歌。可是现在，他想，他没有权利喜欢上任何东西——他是一位垂死的老人，是这世间的一个累赘。

可是那天黄昏，突然，一切突然都发生了改变。

照例，母亲站在他的身后，扶着轮椅，捧一本书，给他读一个又一个故事。迈克静静地坐着，心中盈满悲伤。这时有一位美丽的女孩从他面前走过——那一刻，母亲停止了朗诵。迈克见过那女孩，她曾和自己就读同一所学校。只是打过照面，他们并不熟悉。迈克甚至不知道女孩的名字。可那女孩竟在他面前停下，看看他，看看身后的母亲。然后，他听到女孩清清脆脆地跟他打招呼："嗨，迈克！"

迈克愉快地笑了。他想，原来除了母亲，竟还有人记得他的名字。并且是这样一位可爱漂亮的女孩。

那天母亲给他读的是霍金。一位杰出的物理学家，一位身患卢伽雷氏症的强者。他的病情，远比迈克严重和可怕百倍。

那以后，每天，母亲都要推他来到门口，背对着那面墙，给他读故事或者诗歌。每天，都会有人在他面前停下，看看他，然后响亮清脆地跟他打招呼："嗨，迈克！"大多是熟人，偶尔，也有陌生人。迈克仍然不能动，仍然身体僵硬。可是他不再认为自己是一个累赘。因为有这么多人记得他，问候他。他想这世界并没有彻底将他忘却。他没有理由悲伤。

几年里，在母亲的帮助下，他读了很多书，写下很多诗。他用微弱的声音把诗读出，一旁的母亲帮他写下来。尽管身体不便，但他真的过得快乐且充实。后来他们搬了家，他和母亲永远告别了老宅和那面墙。再后来他的诗集得以出版——他的诗影响了很多人——他成了一位有名的诗人。再后来，母亲年纪大了，在一个黄昏，静静离他而去。

很多年后的某一天，他突然想给母亲写一首诗，想给那老宅和那面墙写一首诗。于是，在别人的帮助下，他回到了老宅的门口。

那面墙还在。不同的是，现在那上面，爬满密密麻麻的青藤。

有人轻轻拨开那些藤，他看到，那墙上，留着几个用红色油漆写下的很大的字。那些字已经有些模糊，可他还是能够辨认出来，那是母亲的手迹：

嗨！迈克！

大山里的盲道

//

那也许是世界上最偏僻的盲道，它趴在大山里，灰头土脸，与世隔绝；那也许是世界上最奇异的盲道，它由水泥铺设而成，三排小石子砌成整齐的微小凸起。它的左边是一片绿汪汪的田野，右边是深不可测的山沟。盲道不长，这端连着一栋草房，那端连着一片鸟声婉转的小树林。盲道只为一个人铺设，每一天，走在上面的，是一位六七岁的小男孩。

第一次见到那条盲道，还以为只是一条普通的水泥路。奇怪的是，那条路仅有五十余米，并且，就在路的不远处，就在田野与田野的中间，另有一条狭窄的遍布车辙的土路。正纳闷间，一位小男孩走上这条水泥路。他睁着很大的眼睛，但他的目光却是散漫的，空洞的，无神的，黯淡的。他的手里拿一根细细的竹竿，他用竹竿轻轻敲打摩挲着面前的水泥路面。他走得小心翼翼。

很显然他是盲童。大山里的盲童。

尽管他走得很努力，很谨慎，可是我还是为他担心起来。他的右侧就是陡峭的山谷，假如他不小心，假如他稍有大意，假如他的脚步往右偏离哪怕仅仅两米，他就会滚下山去，后果不堪设想。

我慌忙走过去，对他说，我可以带着你走。

不用。小男孩说，我一个人可以。

可是这么危险……

没关系，我走了很多次呢。小男孩笑笑，说，再说还有我爹在后面看着我呢。

这才注意到男孩身后不远处站着一位三十多岁的男人。男人站在那栋草房的前面，一身标准的农民打扮。他看着小男孩，目光里充满关切。仅仅是关切，他站在原地，没有动。

他冲我招招手，示意我过去。他行的，男人对我说，每天他都要一个人从家门口走到那边的小树林，他拒绝别人的帮助，他说他可以，他说他喜欢听鸟儿们唱歌。

他从小目盲吗？

是的，一生下来就是这样。男人说，现在他还小，等他能够照顾自己的时候，我就把他送到城里的盲人学校去，我想让他学点文化，再学一门手艺，调试钢琴或者推拿按摩，这样他长大以后，就能够自食其力了。现在他可以依靠我，稍大些他还可以依靠我，可是他能够依靠我一辈子吗？我总会先他而老去。

可是这条盲道，是谁铺设的？

是我。男人说，前年我和他去了一趟城里的盲人学校，我发现，学校的甬道就是这样铺设的。并且城市里很多地方，都有专门为盲人们准备的盲道。于是我就想，为何不能在村子里为他也修一条这样的盲道呢？以前他要出门，哪怕只是在门口转一圈，也得我寸步不离地跟着，现在，我为他修了这条盲道，他就可以一个人走到那边的小树林里听鸟儿唱歌了。当然我得在这里看着他，我也怕他出意外……可是因为这条盲道，他享受到了健全的孩子所能够享受的独立的快乐……他说他很喜欢听鸟儿唱歌，其实，他聪明着呢……

这条路，修了多久？

一年多吧。以前这里根本没有路，这里类似一个山峁，有的只是乱石。我先把路铺平，然后打上水泥，趁水泥没有硬结的时候将石子排整齐，压进去……我弄得不好，我知道真正的盲道需要专门的路砖，可是大山里哪有这些东西呢？……其实盲道也不仅仅是我一个人修的，很多乡亲们都出了力，他们忙完地里的活，就过来帮我修路……他们是真正的好人，只为了一个盲童……

那天我被这位年轻的父亲深深感动。为了儿子可以独自行走五十米，他竟然凭一己之力在大山里铺设了一条盲道！虽然盲道是那般简陋，可是它的的确确是一条盲道。小男孩走在上面，既安全又快乐，不会出现任何偏差。此时他已经到达了那片小树林，他静静地站在一棵树的下面，仰着头，一动不动。我想此时的他已经陶醉在悦耳婉转的鸟啼声中了吧。因了这片树林，因了这条盲道，因了他的父亲以及他的父老乡亲，小男孩的童年里，注定会有很多健全孩子所体会不到的快乐。

我知道城市里很多地方有为盲人们准备的盲道，那些盲道有着明显的标志和微小整齐的凸起，可是我还知道，城市里的盲道，常常被诸如小摊点、广告牌等蛮不讲理地占据。想对他们说，知道吗？在某一座大山的深处，有一位父亲，用碎石子和水泥，为自己年幼的儿子，铺设了一条只有五十米长的、一个人专用的、偏僻的、一丝不苟的、怪异的、令人震撼的盲道。

孩子，有些东西不属于你

我在始发站上了公共汽车，坐到最后一排。在我的后面，紧跟着上来一对母女。

妈妈三十多岁，戴着无框眼镜。她的女儿五六岁模样，怀里紧抱着一只毛绒玩具。那时车厢里尚有部分空座，可是小女孩瞅瞅那些空座，然后坚定地指指我，对她的妈妈说：“我要坐那里。”

我愣住了。

女人抱歉地冲我笑笑。她低下头，对小女孩说：“咱们去那边靠窗的位置坐吧。”

“不，我要坐那里！”小女孩再一次指指我。

我不知道小女孩为什么非要坐到我的位置。但我知道，现在，她与妈妈犟上了，任妈妈如何哄她，就是站在那里，不肯随妈妈去坐。她不去坐，妈妈也不去，两个人站在狭窄的过道里，任很多人用异样的目光打量着她们。

我想，现在，小女孩想要的并非那个座位，而是一种满足。习惯性的满足，有理或者无理要求的满足。或许绝大多数时候，她的这种满足都可以在家里得到，在她的妈妈那里得到。

问题是，现在，她并不是在家里。

“你应该向我要这个座位，而不是你的妈妈。”终于我忍不住了，提醒她说。

小女孩似乎没有听到我的话。她看着妈妈，拽着妈妈的手，说：“我要坐那里。我要坐那里。”

“那你们过来坐吧。”我说，“你和你妈妈挤一挤，或者你妈妈抱着你……”虽然我并不想惯着她，可是我实在不忍看到女人尴尬的模样。

“不！”她说，“我不要和妈妈一起坐！我要一个人坐！”

这就太过分了。或者说，对她的妈妈来说，这已经远非胡搅蛮缠，而是威胁了。

我告诉小女孩，她乘公共汽车是免费的，她的妈妈并没有为她花一分钱。既然是免费，公共汽车上就没有给她准备座位。现在我把座位让给她，她应该把座位让给妈妈。或者，就算她花了钱，就算她有一个座位，有老人或者孕妇上来，她也应该给他们让座。现在，全社会都在做这样的事情。

“我要坐那个座位！”小女孩对我的话充耳不闻。她一门心思缠着她的妈妈。

我想起一个词：教养。

那天，直到终点，我也没有给她让座。我始终坐得安安稳稳，再也没有与小女孩说一句话。而她则始终站在我的面前，拽着妈妈的手，每隔一会儿，就要说一遍“我要坐那个座位”。

可是，没有用。她的要求在今天、在这辆汽车上、在我的面前，注定不会得到满足。

车上的人们看着我，看着她，看着她的妈妈，目光里，各种情绪都有。但不管如何，我想，大概没有人觉得这个小女孩可怜，也没有人觉得我应该把座位让给她。

那天我必须拒绝她。不仅要用语言，还要用行动。我想告诉这个小女孩，这世上，有些东西并不属于她。不属于她的东西，并非她撒撒娇，或者威胁唯一可以对她没有立场和底线的妈妈，就可以得到的。

小女孩终会长大。但愿长大后她会明白：世界不是她家的客厅，别人的东西不是她怀里的毛绒玩具，别人也绝非她的妈妈。

这是世间最为简单的道理。

生命中最重要的

朋友是一位爱好广泛的人。

从小学到大学，他一直是校篮球队的主力；也写些散文诗歌，报纸杂志上常见他的名字；他熟悉五大联赛的各支球队，闭着眼也能数出任何一支球队的主力；他还喜欢园艺，对花花草草的属性了如指掌。可是他认为，这些都不重要。最重要的是，他希望自己能够在三十岁以前，有一家属于自己的公司。

这个愿望是他上大学时产生的。那段时间他读了太多商业精英的成功史，他认为自己有着和他们一样的素质。为此他放弃了篮球、文学、五大联赛和园艺。假期里他不再回家，不再和女朋友花前月下，而是把自己闷在图书馆里研读商业书。他满脑子都是他的公司，他想这是他一生中唯一的目标，别的，都可以忽略和放弃。

大学毕业后他真的有了自己的公司。可是那公司仅仅开了两年，就被他转让出去。因为某一天，他突然发现那根本不是自己的兴趣所在，他发现商场上的勾心斗角远比他想象中复杂百倍。他不能够忍受无休无止的酒局，不习惯每天在担惊受怕中过日子。他的心找不到归宿，总有一种悬空的感觉。最终他狠狠心放弃了经商，回到老家。他在老家一待就是一年。

无所事事的他每天翻看书架上的书，慢慢地，他重新被那些厚重的文学作品所吸引。母亲给他搬来一个纸箱，那里面，收藏着他在报刊上发表过的所有作品。母亲说，不经商不要紧，你完全可以重新把文字拾起来……你已经，发表了这么多。是的，其实他早就知道自己有这方面的才华，可是他总是将之忽略。以前，他不过把文学当成一种爱好或者消遣，开公司才是他的终极目标。现在他想，为什么不听母亲的，试着回到从前呢？说不定，文学真的是他生命中最重要的事业。

他发现自己很快进入到一个美妙的世界。他终于发现写作才是最让他快乐的事。他想，也许把很多事情一一经历，等重新转回来，才会发现一生中最快乐或最重要的是什么吧？

每天母亲给他做饭，给他收集报刊上的资料，给他安静的环境去写作；女友每个月来看他，给他带新上市的书，给他鼓励和信心。几年以后，他终于成为一位很有名气的作家。他的书一版再版，供不应求。他常常说，他最应该感谢的，就是自己的母亲和女友，她们是他一生中最重要的两个人，却在很长一段时间里被他忽略；同样，他一生中最重要的事业——写作，也曾经被他忽略。不过还好，他及时找回了它。

什么是生命中最重要的？或许是事业，或许是爱情、亲情、友情……但毫无疑问的是，太多时，你正在忽略的，恰恰就是你最重要的。你所要做的，就是时时停下来，回头看看，并将它们找回。

另一种责任

女孩认为自己是不幸的。她没有家，没有幸福。当然，曾经，她也有父亲，可是父亲犯了重罪，被处决那天，乌云压了世界。母亲是在一年后弃她而去的，噩梦夜夜将母亲纠缠，母亲生不如死。自私、脆弱并且可怜的母亲从此音讯全无，而那时，她还只是一个四岁的丫丫。

父亲罪孽深重。夜里父亲揣了刀子，闯进别人家里，一顿狂砍乱剁。女主人被砍倒在客厅，男主人被砍倒在厨房，他们两岁的儿子被砍倒在卧室。那夜父亲成了魔鬼，他丧失理智，将一个温暖的家，瞬间变成血腥地狱。其实只是一个误会，一个一解即开的疙瘩，一个小小的芥蒂，可是父亲不这样认为。只有女主人被救活，这之前，她唤她四婶。

仇恨在这一刻真正降临。之前的所谓仇恨，不过是父亲的错觉罢了。逃出屋子父亲就后悔了，可是，纵有千悔万恨，他也难逃一死。

她跟着奶奶，艰难地度日。奶奶靠卖咸菜供她读小学，读初中，读高中，生活挣扎着往前，就像奶奶老迈的身躯，摇摇晃晃。然后奶奶去了，将她孤零零扔到世上。生活突然变得不知所措，惊慌并且恐惧。然而她却读了大学，用了好心人的资助。

每个月都会有一笔钱按时寄到她的家里。钱不多，可是对她来说，却至关重要。那是一个完全陌生的地址，顺着找去，不过是一个苦苦支撑摇摇欲坠的工厂。似乎连汇款人的名字都是假的，每个人都说，这里根本就不可能有这个人。

这里根本就不可能有这个人。其实她应该猜出这是一个假名字的。那名字叫：责任。

用这些钱，她读完大一，读完大二，直至大学毕业。她省吃俭用，利用一切可以赚钱的时间和机会赚钱。后来那笔钱寄到学校，留的仍然是那个地址，名字仍然叫作责任。一切是那样令她感动，可是心里却非常不安。她没有办法，或者，唯一的办法就是，等她毕业后参加工作，她会想尽一切办法找到寄给她钱的人，然后，争取还上这笔钱，并当面对她说一声谢谢。

她再一次去到那个工厂，再一次问遍工厂里所有的人。这一次她有了小的收获，有人告诉她，好像有个农民打扮的妇女来过这里，并且详细记下了这里的地址。问她为什么偏要用这个地址，对方说，她好像有一个亲戚在这里工作……对了！那时候她的确有一个亲戚在这里工作！

女孩费尽周折找到那位亲戚，终于，从那位亲戚的嘴里，她如愿以偿地获知了给她寄钱的人。可是那一刻女孩不敢相信自己的耳朵。那一刻，女孩无法抑制自己。她浑身颤抖。

那个人，竟然就是被她唤作四婶的女人！

……

为什么要寄钱给我？

因为我不能眼睁睁看着你辍学……我知道你聪明，学习又好……你不能永远待在乡下……我没有了丈夫，失去了儿子，我没有明天……我不能让你也像我一样，没有明天……

可是你完全可以资助别人……

资助你不一样吗？

当然不一样……我们是仇人……我父亲毁了您的一家，您该恨我才对……

不错，我恨你的父亲，非常恨，恨到骨子里……可是我并不恨你……我为什么要恨你呢？我们不是仇人……你失去了父亲和母亲，失去了家庭，和我一样，你也是受害者……我们都是受害者……

可是这跟您偷偷资助我有什么关系呢？您不记恨我，我已经很感激您了。您没有必要一定要资助我。

可是我必须资助你，不然你的前途也许真就给毁了……我想这是我的责任，我人生的另一种责任……一个成年人对一个孩子的责任，一个受害者对另一个受害者的责任，一个不幸的人对另一个不幸的人的责任，或者，仅仅是一个“人”，对另一个“人”的责任……

心灵的舞者

她是舞台上骄傲的舞者。她有两条修长并且美丽的腿。聚光灯随着她轻盈柔美的身形左右摇曳，她扮成美丽纯洁的白天鹅，舞台上滑出一条美轮美奂的弧线。掌声响起来了，她站在舞台上给观众们还礼。她是那么年轻，她的脸像一朵绽放的荷，她身姿挺拔，亭亭玉立。

她有着那样美妙的舞姿，那样灿烂的前程。一切都是那般美好，阳光普照。谁都没有料到，一场车祸突然闯进她的生活，让她的后半生，只能够坐在轮椅上。

那场灾难没有任何征兆。她穿着修长的牛仔裤，她的衣襟打出一个漂亮的结。她走在马路上，轻哼着歌。车子冲过来时，她还在愉快地回味昨天的演出。她看到司机惊恐的脸，她看到汽车轮胎与地面摩擦出淡红色的粉尘。她听到骨头被撞断的声音，她看到自己的身体高高地飘起来。她滑向地面，身体切中路边的护栏。那一刻她的脑子里一片空白，可是她明明听到自己发出高亢恐怖的尖叫：我的腿！

醒来已是第二天中午，阳光懒懒地照着，世界一如从前。她的思维一点一点回到可怕的昨天，她发现自己的两条腿已经被锯掉，那里缠着丑陋的纱布和绷带。她愣怔片刻，以头撞墙，号啕大哭。她说为什么不让我死去？为什么不让我死去？护士守在她的床前，轻轻抹着眼泪。她说没有了腿，我活着还有什么意思？一连几天她不再说上一句话，她沉沉地睡着，醒来，瞅着天花板，眼泪吧嗒吧嗒往下掉。她试图擦干它们，却总也擦不干净。

半年以后她重新回到剧团。她坐在轮椅上，努力地笑着，头发剪得很短。似乎剧团的一切都是老样子，节目仍然深受欢迎，可是她，再也不能扮成美丽的小天鹅了。她甚至不能够登台演出，她把自己藏在舞台后面，每一天，泪水涌进心底。可是她是那样热爱舞蹈，有时候，没人的时候，她会一个人转动轮椅，轻轻地打开双臂，仰起下巴，虚构出一个舞伴，一个舞台，一幕舞剧，一群观众。轮椅转起圈儿，她感觉自己穿了最漂亮的舞鞋，正踮了脚尖，风一样从舞台上滑过。掌声响起来了，她心满意足地站在舞台上，给观众们还礼。

她操起熨斗，为她的同事们熨烫衣服。现在这几乎成为她唯一的工作，她不想做一个毫无用处的人。团长问你行吗？她笑笑，说，行！熨斗压得她胳膊发酸，她咬着牙，做出轻松的表情。团长问她，你还想跳舞吗？她说，什么？她怀疑自己听错了，或者，这个总是笑意盈盈的团长，正跟她开着一个玩笑。

你还想跳舞吗？

可是……

前几天我见过你独自一人在化妆间里跳舞。团长说，我认为你现在仍然可以登台演出。

可是这怎么可能？她说，现在我是一个残废……

不，你不是残废。团长说，如果你真想跳舞的话，你完全可以登台……我相信观众们会认同你的舞蹈，喜欢上你的舞蹈，甚至，他们会为此深深震撼。团长拿出节目单，指给她看。就在这里，他说，将你的舞蹈插在这里，还是你以前的登台时间……

可是我不行的。她说，我没有腿，我不能扮成小天鹅。

不管团长如何试图说服她，她就是不答应。她怕，她绝望，她没有信心。她怕观众们嘲笑她，怜悯她，甚至在心里喝起倒彩。她只能默默地为登台的演员们熨着演出服，她想，这是她唯一可做的事情。

可是那天，一位年轻的舞蹈演员在演出前几分钟突然打来电话。她说她临时有些事情，不能够来演出了。海报早已张贴出去，节目单早已公布，团长搓着手，急得团团转。怎么办呢？他再一次望着她。

你能不能，登台试试……

可是我这个样子，观众会笑话我的。

相信我，不会的……很多观众都认识你……救场如救火……

问题是我是一位残废……

你不是，你永远是最美的舞者。哪怕你坐在轮椅上，也是剧团里最美的舞者……

拗不过团长，最终，她还是硬着头皮，登上了曾经熟悉的舞台。灯光柔柔地打过来，她随着音乐，翩翩起舞。她没有腿，她站不起来，可是她的身体在舞台上轻盈地飘来飘去。她扬起光洁柔软的手臂，仰起弧线美妙的下巴，她的舞裙白得耀眼，她是世界上最美丽最纯洁的白天鹅。她吸引了整个剧场的目光，观众们被她独特的舞姿深深折服，感慨万分。表演完毕，整个剧场，掌声如雷。

她弯腰答谢观众，泪如泉涌。她想不到被截肢以后还能够在舞台上表演，她想不到观众会在她失去两条腿以后还会一如既往地喜欢她、支持她。她想她真的还可以继续舞蹈吧？虽然失去双腿，可是她还有舞动的灵魂。今后，只要观众喜欢，她完全可以坐在轮椅上，为她的观众跳一曲近似完美的芭蕾。她是轮椅上的舞者，心灵的舞者。

只是，她没有注意到，就在观众席的一角，团长和那个请假的舞者，正在含泪为她鼓掌。

明亮的天空

一场意外让他失去了光明。在医院的那段日子，他整天发呆，不说一句话。母亲坐在他的床边，对他说，别怕，一切都会好起来的。他不信，20岁的他知道问题的严重性。他知道要想使自己重见光明，除非角膜移植。他还知道中国因角膜伤病的失明者有200万，可是由于角膜缺乏，每年的角膜移植手术只有1000多例。这等于说，他的前面，有1990000人在等着。他陷入深深的绝望之中。

他回了家，仍然每天发呆，不说一句话。母亲给他端来饭菜，却被他全部掀翻在地；母亲为他阅读报纸，听着听着他会伤心地哭起来。他喊，我完啦，我这辈子算完啦！母亲说你怎能这么没有出息？中国有500多万盲人，哪一个不是活得很好？记住，只要心是明亮的，天空就是明亮的，你的世界，就是明亮的。他不听。他什么都听不进去。他不能面对黑暗的现实。他不敢面对以后的人生。

母亲看着他，悄悄地抹泪。

那天母亲小心翼翼地问他，过些日子，想给你做一个角膜移植手术，行不行？他说不可能的，在我前面，有1990000人等着角膜。母亲说，我的意思是……我可以把自己的角膜，移植给你……就是不知道医院会不会答应。他一下子愣住。他以为自己听错了，他说妈你说什么？母亲说，我想把自己的角膜，移植给你……我查过一些资料……排斥的可能性很小。他说妈您别说了，我不会答应的。母亲说我都这年纪了，什么没见过？而你的路，还很长……你比我更需要眼睛。他说妈您再怎么说，我都不会答应。母亲说你就听妈一次。他说不……如果您真这么做了，我就死给你看。

母亲深知他的脾气。她知道他不答应的事，谁都不能逼他。她不再跟他说角膜移植的事，只是天天给他读报纸。慢慢地，他的情绪缓和并稳定下来。他开始学习盲文，并大声念出那上面的段落。也许母亲的话感动了他吧？他认为自己必须活下去，并且要好好地活下去。最起码，他想，他不应该让自己的母亲，继续惦记着献出她的角膜。

他很喜欢朗诵。上大学时，他是校广播站的播音员。母亲说你可以去市广播电台试试。他说可以吗？母亲说为什么不可以……只要心是明亮的，天空就是明亮的，你的世界，就是明亮的。再听到这句话时，感觉完全不一样了。虽然他仍然消沉，可是偶尔，当母亲说到什么有趣的事，他也会开心地哈哈大笑。他听了母亲的建议，真的在某一天，去市电台应聘。本来他只想应付一下母亲，可出乎意料的是，他竟被破格录取为电台的兼职主持人，主持晚间的一档节目。

当他把这个消息告诉母亲时，母亲说，这很正常。其实你什么都可以做到，并且会做得很好。母亲的语气淡淡的，可是他能够觉察出母亲平淡的语气下面难以抑制的快乐。

是一档倾诉类节目。每天他坐在直播间，给电话那端的陌生人解除苦闷，出谋划策。他发现自己越来越喜欢这份工作，他想不到帮助别人原来这么快乐。虽然仍然看不见，可是每一天，他都过得很充实。他的节目越做越好，收听率直线上升。年底的时候，他正式成为电台的一名播音员。

更让他和母亲高兴的是，他有了自己的爱情。一位好女孩爱上了他，每天扶他上下楼，给他讲有趣的故事。那段时间他认为自己迎来了崭新的生命。他有了自己喜欢的女孩和职业，他有一位好母亲和一个明亮的世界。所有的一切，都令他满足。

可是，让他想不到的是，某一天，母亲突然病倒了。

是癌症。是晚期。

那段日子母亲的胸口总是痛，一开始她认为可能由于自己太过劳累，休息几天就过去了。可是那天正做着菜，她竟痛得晕了过去。他和女孩将母亲送进医院。几天后，母亲平静地告诉他，半年后，自己将离开人世。母亲说，告诉你，是想让你坦然面对，是想让你在这半年内，学会好好照顾自己。以后，妈帮不了你了……

他哭了整整一天。他不相信坚强乐观的母亲会永远离他而去。他不想再去电台上班，他要在医院里时时陪着母亲。可是母亲说，去吧，让我在最后的日子里，多听听你的节目。依旧是淡淡的语气。他看不见，可是他能感觉到母亲企盼的目光。那目光，让他不能拒绝。

他仍然去电台做节目，仍然为陌生人排忧解难，出谋划策。他的节目仍然做得很好，语气舒缓和平静。他知道自己必须如此，因为有母亲在听。他想，母亲会为他自豪的。在她生命最后的日子里，她有一位优秀的双目失明的儿子。

那天刚做完节目，他接到一个电话。电话是医院打来的，让他赶快去一趟。他慌慌张张地去了医院，医生说，你的母亲已经去世了。在中午，突然晕倒了……我们已经尽力了。不过根据她的嘱托，我们会把她的角膜，移植给你。

他跪下，号啕大哭。为什么母亲走得这样突然？为什么母亲不能见他最后一面？不是还有半年时间吗？为什么母亲直到生命最后一刻，也没有忘记自己的角膜和他的眼睛？他哭了很久，晕倒在医院里。醒来后，他感觉自己的眼睛上缠着厚厚的纱布。他知道，现在，母亲的角膜已经移植给了自己；他知道，几天后，当他真的能够再一次看见光明，那其实，是母亲的眼睛。是母亲给了他一个明亮的世界。

几个月后，收拾母亲遗物的时候，他翻出了一张病历。病历是半年前的。他看到上面写着：恶性肿瘤。下面，有母亲亲手写的一行字。他不知道母亲为什么要藏起这张病历，可是那行字，刺得他的心淌出了血。

母亲在上面写着：感谢天。我的儿子，将在半年后，重见光明。

他再一次号啕大哭。当母亲得知自己将要离开这个世界，她首先想到的，不是自己，而是自己的儿子！她当然也会为自己伤心，可是，当她想到自己的离去可以为儿子换来光明，那时的她，竟有了欣慰和快乐！

那是用任何语言都无法表达的母爱啊！那是用任何行动都无法报答的母爱啊！

那天晚上，在节目中，他给听众讲述了自己的故事。那天，收音机旁，很多人泣不成声。

据说，第二天，很多人去了医院，向医生咨询捐赠角膜的相关手续。他们说，当自己的生命从这个世界上消失，那么，为什么不给那些生活在黑暗中的人们，给这个世界，留下一线光明呢？

至今他还在电台工作，还在主持晚间那一档节目。下班时天已很晚，可是每当他抬起头，都能够发现一片明亮的天空。

角落里的垃圾车

超市果蔬组的工作人员不多，这让他们总是特别忙碌。他们需要将腐烂的水果和蔬菜及时撤柜，扔到垃圾车里，然后将垃圾车推到门前角落，再然后，待不太忙的时候，送到更远处的垃圾箱。

老人于是出现。

老人坐在超市门前休息。每天他从家里走到街心花园，再从街心花园走回家，需要至少两个小时。老人会在距离超市不远处的公交车站休息十分钟，从那里，他看到了那个垃圾车。

最初，老人只是静静地看。后来，他试探着走过去，将垃圾车推到远处的垃圾箱边，处理完垃圾，再将车推回来。老人的表情怯生生的，似乎他不是为超市做一件好事情，而是在跟超市的工作人员讨要一把青菜或者一斤水果。

一连几天，都是如此。只不过，老人的表情愈来轻松。有时候，将垃圾车推回来的途中，老人甚至会哼起快乐的小曲。

老人的脸，如同阳光下熟透的庄稼。

超市里的工作人员终于发现了老人的举动。他们向老人表示感谢，又委婉地告诉老人，这些事，由他们来做就行。怎敢让老人做这样的事情呢？以老人这般年纪。

我没事。老人说，身体硬朗着呢。

可是再硬朗，他毕竟是一位七十多岁的老人。工作人员将他的举动告诉新近调来的店长，店长听罢，连连摇头。

这怎么行呢？他说，老胳膊老腿的，万一摔着了，扭着了，抻着了，怎么办呢？

他决定同老人好好谈一谈。

反正我也没什么事情，帮你们一点忙，真的算不了什么。老人说。

可是，太脏了……

我以前的工作更脏……

可是，太重了……

我的身体不比年轻人差……

可是，超市的规矩……

我会帮你们好好检查一遍。老人说，如果发现有用的东西，我会交还给你们……

可是，大爷。店长终于决定跟老人摊牌，万一您扭了腰或者抻了腿，我是说万一，算谁的呢？

什么算谁的？老人没有听懂。

您知道，现在的医院，花费很高的……一个月以前，有位大娘在超市滑倒，超市为她花掉一大笔治疗费……当然我不是说您不对，我们真的很感谢您，我说的只是万一……这点活，我们不太忙的时候，五分钟足够了……

老人的表情黯淡下来。甚至有那么一瞬，店长似乎从他的眼睛里看到泪水。老人搓着手，不再说话。他坐了很长时间，站起来，往回走。他走得很慢。似乎，就那么一瞬，老人老去了十年。

他的确是一位老人。身体佝偻，脚步蹒跚。

第二天，老人没有去。他甚至没有坚持每天两个小时的步行——那条马路上，见不到老人的身影。

第三天，第四天，老人仍然没有去。

整整三个多月，老人不见踪影。店长有些内疚，他想自己也许真的有些过分了吧。老人不过想帮他们一点儿忙，却被他残忍地拒绝。他突然想起父亲。闲不住的父亲在小区附近的山坡上开垦了一块荒地，种上玉米和高粱。每天他都会去看他的庄稼，回来，便精力充沛，神采奕奕。偶尔赶上阴雨天，不能看望庄稼的父亲便显得精神萎靡，无精打采……也许垃圾车之于老人，就像土地之于父亲吧？那不再是简单的劳动，而是一种支柱或者信仰吧？突然间，他很想再见见那位老人。

然而整整半年，老人没有出现。

某一天，一位年轻人突然找到店长。虽然他留着短发，虽然他比老人魁梧很多，但店长一眼就能看出来，他是老人的儿子。

半个月以前，我父亲去世了。年轻人说，他去世的时候，我刚刚从监狱里出来。是这样，我以前，做了些错事……我在监狱里，度过了整整五年……

我被判刑以后，父亲感觉没脸见人。每天他都要步行两小时到离家很远的地方，他说他要锻炼，其实我知道，他只为躲避小区里那些熟识的邻居……

他看到停放在角落里的垃圾车。他想他完全可以为你们做些事情。因为这些事情，他很快乐。所以，当你们拒绝他的时候，那一刻，我想，他受到的打击，绝不会比我被抓走时受到的打击少……

于是他每天把自己关在屋子里。母亲去得早，他孑身一人……还好，他撑到我回来……他没有对我说这些事情，可是几天前，我突然发现他锁在抽屉里的日记……他将这件事情写在日记里……今天我来，只为感谢你们……

年轻人拿出一张日历。店长看到，那上面用钢笔圈划出一串日子。我不在父亲身边的这几年，只有这些日子，父亲感到快乐和踏实。年轻人指着日历，说。

当然，这些日子，便是老人为超市处理垃圾的日子——突然店长希望那些蓝色的圆圈能够一直延续下去。其实完全可以的。他想。

您父亲以前，是做什么的？他问。

马路清洁工。年轻人说，当然，大家一般叫他扫大街的……

可是他为什么一定要帮助我们呢？店长说，这条马路上，并非只有我们一家超市……

因为他想赎罪，年轻人紧咬嘴唇，终于哽咽，因为五年前的一个深夜，我曾偷偷潜入到你们店里……

身体的距离

//

这几年，年纪越来越大的父亲，开始变得耳背。与他说话，正常的声音，他有一半听不清楚，须提高音调才行。打电话时，更是如此。父亲自己心知肚明，每逢我将电话打回去，他总是先接起来，聊一两句，就将电话递给母亲。有时有事找他，他说，跟你妈说就行了。父亲变得沉默寡言，他不想给与他说话的人造成任何不便，哪怕是他的儿子。

父亲喜茶。每次回老家，陪他喝一会儿茶，聊聊天，父亲都很高兴。但因了他的耳朵，每一次，我总是会将声音提得很高。能看得出来，有时候父亲的情绪就会受到影响。我知道父亲怀疑我在“烦”他。当面还好，我是笑着的，但电话里聊时，父亲看不到我的表情。有一次与母亲聊天，她问我，上次你给你爹打电话的时候，你是不是烦他了？我一怔。年少无知时，的确有很多次，我会在父亲面前耍脾气，但现在，我肯定不会。可是父亲仍然怀疑我在“烦”他，不爱理他，我不知该怎么办才好。

一连三四年，都是如此。

前几天，儿子在幼儿园犯了错误。当然不是什么大错，无非是与孩子们顽皮推搡，结果把一个小女孩的脸弄出一道指甲痕。跟他讲道理，他倒是懂，说他知道错了，也给女孩道歉了，明天去幼儿园还要给女孩送个小礼物，并保证以后绝不会再犯这样的错误。说完他就跑开——他还惦念着电视里的光头强和熊大熊二。本来事情就这样过去了，可是我想问他想送女孩什么礼物，就喊他过来。然而当天晚上，妻子告诉我，儿子说，爸爸“凶”他了。

我没有凶他。当时他离我有些远，加之电视开着，我的声音可能大了一些。声音大一些，在很多人的意识里，便是“喊”，便是“烦”，便是“凶”，哪怕真的跟这些没有关系。我知道儿子那天心里很不舒服——本是两个孩子甚至一群孩子的错，但他主动站出来，道了歉，做了保证，还主动送女孩一件和好的礼物，可是爸爸还是“凶”了他。那么，是不是等于说，以后再遇到这样的事，道歉与保证，都无济无事？

而这一切，只因我与他说话时，提高了嗓门。

类似的事情，其实之前也发生过。只是我没有留意。无论对儿子，还是对父亲。

我对儿子说，爸爸没有“凶”你，我只是嗓门高了一些而已。儿子说，那爸爸以后说话可以离我近一点啊！

所以很多时，我认为，孩子真的是我们的老师。

从那以后，与儿子说话时，我就会刻意与他离得近些。话还是那些话，语气还是那样的语气，但给儿子的感觉，完全不一样。——他知道，他有一个讲道理并且耐心的爸爸。

再回老家，与父亲聊天时，我也总会刻意离他近一些。离他近一些，他就听得清楚些，与我聊得就多一些，心情也会变得更好。我跟他说，以后打电话时，我还会提高音量，但绝不是因为我烦您，而是想让您听得清楚。倒是父亲有些不好意思了，说，父子俩，还说这些干什么呢？

人心都是孤独的。我们害怕这种孤独，所以总希望心与心的距离能够近一些，再近一些。而要拉近心与心的距离，我认为，应该从家人开始。而与家人开始，应该先从身体的距离开始。

身体的距离不一定等于心的距离；但心的距离，首先是身体的距离。

乐观的蝉 //

我家附近，有一个水果摊。水果摊摆在马路边，苹果、梨、桃、杏、西瓜、樱桃、无花果……看一眼他的水果摊，就知道哪些水果到了季节。

从我搬来这里，他就在那里卖水果，如今我搬来十年，他还在那里卖水果。只不过，开始时，他独自守在那里；而现在，有时候，他的身边会多出一位抱着孩子的女人。女人是他的爱人，并非每天都来。女人需要照料他多病的母亲和年幼的女儿。

他说话嗓门挺高，又健谈，特别喜欢唱歌。常常听他唱：夏天夏天悄悄过去留下小秘密，夏天夏天悄悄过去留下小秘密……就这一句，调子跑得很远，翻来覆去地唱。

十年里，我一直在写作。虽然我几乎写遍了我家附近的花花草草，虽然我几乎每天都要买他一点水果，但我却没有写他。

不是因为他太平凡。而是因为，似乎，他没有让我产生动笔的念想和冲动。

最近一段时间，我失眠严重。夜里睡不着觉，便爬起来，沿那条马路散步。那天已是深夜，很意外地，我遇见了他。

水果摊还在，只是上面搭一个凉席。他的小卡车停在旁边，他坐在车厢里，抽着烟。

怎么还没回家？我凑过去，问他，这么晚还有人买水果？

不回家了。明天一早还得去果蔬批发市场批无花果，去晚了，不一定能批到呢。他往里挪挪，示意我也坐下。从这里，往东十公里，是果蔬批发市场；往西十公里，是我家。如果回家的话，明天早晨，我就得开二十公里的车。我觉多，早晨不好醒，怕等去到了，早批不到无花果了。

那可以批点别的啊！我说，梨子、桃子、西瓜……

那怎么行？他说，错过了一天的无花果，少赚好多钱呢！

尽管周围没人，但他还是将嘴巴凑近我的耳朵，说，知道吗？一季无花果，少说能赚一万块钱呢！

一季无花果，大约一个月的时间。我认为他赚得不少。

这段时间，你每天都在车厢里睡觉？

是啊。他说，中午在这里随便吃点，晚上老婆过来给我送饭。衣服天天换，傍晚去对面的洗车行冲个澡，挺舒服。

你爱人呢？

坐最后一班车回家了。他说，陪我到九点半，不能让她再熬了。女人不比男人，再说女儿还小。

真够辛苦的。我说，打算卖一辈子水果？

不可以吗？他说，卖水果多好啊！早晨去批点货，当天就能见到利润。再说我能做什么呢？要文化没文化，要长相没长相，要背景没背景。还好，这世上的人们，都得吃水果。我常常对我爱人说，我就是为卖水果而生！卖水果真的挺好，只要我愿意，卖到八十岁都没有问题。也没感觉太辛苦，比在老家种地强多了。再说，就算辛苦点，又有什么呢？我倒是希望，一年里我每天都能像这几天这样辛苦——一个月赚一万，一年赚十二万，几年下来，房子便赚下了，多好啊！

他眯起了眼。月光下，看他的表情，似乎真的赚到了十二万。

那你该早点休息。我对他说，明早还得去批发市场……

等着它呢！他冲我笑笑，指指身边的柳树。

我看到柳树的树干上，爬着一只蝉。其实很难说现在它到底是一只蝉还是一只蝉龟——柔弱的蝉倒挂在蝉蜕上，从蝉龟背部的裂隙中拼命往外爬——也许再过三两分钟，它就会扔掉它笨重的蝉蜕，变成一只真正的蝉。

我笑。笑他的好奇心与孩子气。以前在乡下没见过？我问他。

年年都见。他说，不过我们从不去打扰它。哪像城里人，挖来吃，拣来吃。

他说的是真的。无花果成熟的季节，恰是蝉们破土而出的季节，城市的大小饭馆，几乎都有炒金蝉这样一道菜。

我得看着它，别被别人抓了去。他说，每天这时候，都有很多人过来找蝉龟。我不看着它，它就被别人捡走了。然后下了油锅，盛进盘子，入了肚腹。多可怜的小虫。看到它的小翅膀了吗？黄黄的，软软的，缩在一起，那么小。可是只需一会儿，那翅膀就会舒展开……然后它的颜色会越来越深，身体会越来越硬实。夜里再吹吹风，淋点露水，待早晨，它就会飞了，会唱歌了……知道吗？蝉与蝴蝶，都有个蜕变的过程，但我更喜欢蝉。

为什么？

因为乐观啊！他说，我认为蝉是世界上最乐观的动物。地底下闷了那么多年，爬出来，两三个月的生命，照样高歌不止。它们不知道死期临近？它们肯定知道。正因为知道，所以才要高歌。我就纳闷城里人为什么偏要把自己搞得那样不开心，无非是钱不够花，买不起房，感情小挫折……这都算什么破事呢？开心，过一天。不开心，也得过一天。为何不开心些呢？就像蝉，如果不乐观，它就不可能钻出地面，不可能蜕掉外壳，更不可能没完没了地唱，是不是？所以，还是得学学蝉。

学蝉。我笑。以前，看过太多写蝉的文章，多是感叹蝉的生命的短暂，为蝉的不屈不挠的精神而鼓与呼，却很少听到有关蝉的乐观的说法。看来，真正的思想，的确在民间。

他的确像一只蝉。乐观的蝉。白天和夜里都像。我认为。

那天晚上，回家，竟然睡得很香。

第三辑

每一朵花苞都会开放

请参观我的花园

请参观我的花园吧。女孩说，这是世界上最漂亮的花园。这是花园的栅栏，栅栏上爬着的那些牵牛花儿，都是我亲手播下的种子。栅栏很低，这样行人即使站在街上，也可以看见花园里的鲜花。你知道栅栏外边正开着的是什么花吗？你当然不会知道。是金银花！难道你没注意到吗？一黄，一白。一金，一银。是我春天时栽下的，想不到这么快就开了花……

我带你进花园里看看吧。女孩说，你慢慢看，这个花园大着呢。你跟住我，沿着卵石小路走，千万小心长着尖刺的蔷薇枝。你还要小心蜜蜂，这个季节的蜜蜂是最多的。当然，只有花开得多，开得好，开得香，才能引来成群的嗡嗡叫的蜜蜂……你知道这丛金黄色的是什么花儿吗？是四季菊！人们说四季菊只能栽在花盆里，我却成功地将它们移到了花园……

这棵树叫作合欢树。女孩说：你认识合欢树吗？你读过作家张贤亮的《绿化树》吗？那里边说的绿化树，就是合欢树。你来得晚了，没赶上它开花。如果早几天来，早上十天，或者早上半个月，你会就看到它粉红的绒毛一样的花儿。花开得很盛，堆着，挤了满树，就像撕了一片晚霞铺到树上，哪怕离花园很远，你也能闻到甜丝丝的花香。……

这棵树你肯定认识。女孩说，是的，这是桃树。这棵桃树是我从乡下带回来的，一开始它只是一棵树苗，又瘦又小。你知道这是什么桃树吗？是扁桃。你看到树丫上的桃子了吗？是扁的，不大也不红。但是非常甜呢。你要不要尝一个？你应该尝一个的。你知道扁桃又叫什么桃吗？叫蟠桃！我猜你肯定会大吃一惊吧。当年孙猴子看守王母娘娘的蟠桃园，看的就是扁桃。所以你千万别小瞧我这个花园，有王母娘娘的蟠桃呢……

知道这几棵是什么花吗？女孩说，你说对了，都是玫瑰花。这是红的玫瑰，这是紫的玫瑰，黄的玫瑰，白的玫瑰……知道一天里什么时候玫瑰花最漂亮吗？当然是早晨。早晨，花苞上还沾着露珠，花瓣好像是透明的，早起的蝴蝶在花苞上跳起舞，淘气的猫咪在花丛间扑着蝴蝶……玫瑰是爱情的象征吧？等我长成穿着白裙的大姑娘，我想会有一位很帅的小伙子送我大红的玫瑰……

你再看看这边，女孩说，这边的花儿更多。江斯腊，鸡冠，夜来香，巴西红，老来娇，太阳花，一串红，石榴……这边还有一棵无花果树。你知道吗？无花果树是世界上唯一一种一年结两次果实的果树呢。无花果成熟了，外面仍然是绿的，里面却早已红艳艳了。熟透了，就会裂开一点点，你站在树下，满树的无花果都在朝着你笑……

我的花园还不错吧？女孩说，很多人对我说，这是世界上最漂亮的花园。我让你看了花园里所有的树所有的花，你肯定很高兴，是吧？看看，你的嘴都笑歪了。当然这是不能白看的，你知道，每天我都要给这些花花草草施肥、浇水、喷洒农药……我为这个花园付出了辛勤的劳动……给多少钱？你看着办，多一些，少一些，都行。你放心，我从不乱花钱，我会把这些钱存起来，等我弟弟上了大学，给他用……你小心别被这些蔷薇枝扎伤了腿……好了，现在我们关起栅栏门……

男人微笑着，从口袋里掏出十块钱。非常感谢你，他把钱递给小女孩，这的确是我见过的最漂亮的花园。并且我相信，你的花园会一天比一天漂亮……

男人跟女孩道别，走向不远处等候的女儿。女儿不高兴地噘起了嘴巴，说，整条街都知道她是疯子，你竟还给了她十块钱……

男人冲女儿笑笑说，刚才她真的很快乐呢。

女儿说她的快乐非常重要吗？我在这里，等了你将近半个小时……

男人说当然，她的快乐非常重要。尽管她是疯子，可是她和你一样，不过是一个小女孩……更何况，她用了半个小时的时间，给了我一个非常漂亮的花园……

远处的女孩，安静恬淡，脸上遍洒阳光。她的膝盖上放着一张卷了毛边的纸，纸上胡乱地抹涂着一些简单的线条和各种杂乱无章的颜色。在那上面，你根本分不清哪些是树，哪些是花，哪些是蜜蜂，哪些是栅栏……

一朵一朵的阳光

七月的阳光直直地烘烤着男人的头颅，男人如同穿在铁钎上的垂死的蚂蚱。他穿过一条狭窄的土路，土路的尽头，趴着一栋石头和茅草垒成的小屋。男人在小屋前站定，擦一把汗，喘一口气，轻轻叩响锈迹斑斑的门环。少顷，伴随着沉重的嘎吱声，一个光光的暗青色脑瓢出现在他的面前。

你找谁？男孩扶着斑驳的木门，打量着他，家里没有大人。

我经过这里，迷路了。男人专注地看着男孩，能不能，给我一碗水？

他目送着男孩进屋，然后在门前的树墩上坐下。树墩很大，年轮清晰，暗灰色，中间裂开一道深深的缝隙。屋子周围卧着很多这样的无辜树墩，那是多年才能长成的大树，本该有着墨绿的树冠和巨大的绿荫，却在某一天里，被斧头或者铁锯生生放倒。

男人把一碗水一饮而尽。那是井水，清冽，甘甜，喝下去，酷热顿无。男人满足地抹抹嘴，问男孩，只你一个人吗？你娘呢？

她下地了。男孩说，她扛了锄头，那锄头比她还高；她说阳光很毒，正好可以晒死刚刚锄下来的杂草；她得走上半个小时才能到地头，她带了满满一壶水；她天黑才能回来，回来的路上她会打满一筐猪草；她回来后还得做饭，她坐在很高的凳子上往锅里贴玉米饼，她说她太累了，站不住；吃完饭她还得喂猪，或者去园子里浇菜……除了睡觉，她一点儿空闲都没有……我想帮她做饭，可是我不会，我只能帮她烧火……今天我生病了，我没陪她下地……

你生病了吗？男人关切地问他。

早晨拉肚子。不过现在好了。男孩眨眨眼睛，说。

你今年多大？男人问他，七岁？

谁说七岁不能下地？男孩盯着男人，反问道，我能打满满一筐猪草呢。

男人探了探身子。他想摸摸男孩青色的脑瓢。男孩机警地跳开，说，我不认识你。

你们怎么不住在村子里？男人尴尬地笑，收回手。

本来是住在村子里的，后来我爹跑了，我们就搬到山上来……娘说她在村子里抬不起头来，所有人都在背后指指点点……我爹和别人打架，把人打残……他跑了……

你爹跑了，跟你娘有什么关系？

当然有关系，他是娘的男人啊！男孩不满地说，娘说他的罪，顶多够判三年，如果他敢承担，现在，早出来了……可是他跑了。他害怕。他怕坐牢。他不要娘了，不要我了……娘说他不是男人，他不配做男人……

你认识你爹吗？

不认识。他跑掉的时候，我才一岁……我记不起他的模样……他长什么模样都跟我没有关系……他跑了，就不再是我爹。男孩接过男人递过来的空碗，问他，还要吗？

男人点点头，看男孩返身回屋。他很累，再一次在树墩上坐下。阳光毫无遮拦地直射下来，将他烤成一朵火苗，他听到自己的皮肤发出哔哔剥剥的声响。

男人再次将一碗水喝得精光。燥热顿消，男人直觉久违的舒适从牙齿直贯脚底。——茫茫路途中，纵是一碗草屋里端出的井水，也能给人最纯粹的满足、幸福和安宁啊！

男人将空碗放上树墩。你和你娘，打算就这样过下去吗？

男孩仰起脑袋，娘说，在这里等爹……

可是他逃走了。他怕坐牢，逃走了……你和你娘都这样说……你们还能等到他吗？

不知道。男孩说，我和我娘都不知道。可是娘说我们在这里等着，就有希望。如果他真的回来，如果他回来以后连家都没有了，他肯定会继续逃亡。那么，这一辈子，每一天，他都会胆战心惊……

就是说你和你娘仍然在乎他？

是的。他现在不是我爹，不是娘的男人。男孩认真地说，可是如果他回来，我想我和我娘，都会原谅他的。

男人叹一口气，站起来，似乎要继续赶路。突然他顿住脚步，问男孩，你们为什么要砍掉门前这些树？

因为树挡住了房子。男孩说，娘说万一哪一天，爹知道我们住在这里，突然找回来，站在山腰，却看不到房子，那他心里，会有多失望呐！他会转身就走，再也不会回来吧？娘砍掉这些树，用了整整一个春天……

男人沉默良久。太阳静静地喷射着火焰，似乎要将世间一切都烤成灰烬。有生以来，男人似乎还是头一次如此畅快地接受这样炽热的阳光。脑后火辣辣麻酥酥，痛，可是痛得爽快，痛得舒服。——这之前，他品尝过太多的阴冷。

他低下头，问男孩，我能再喝一碗水吗？

这一次，他随男孩进到屋子。他站在角落里，看阳光爬上灶台。

看到了吗？男孩说，灶台上，有一朵阳光。

一朵？

是的。娘这么说的。娘说阳光都是一朵一朵的，聚到一起，抱成一团，就连成了片，就有了春天。分开，又变成一朵一朵，就有了冬天。一朵一朵的阳光聚聚合合，就像世上的人们，就像家。男孩把盛满水的碗递给男人，说，娘还说，爬上灶台的这朵阳光，某一天，也会照着爹的脸呢。

男人喝光第三碗水。他蹲下来，细细打量男孩的脸庞。男人终流下一滴泪，为男孩，为男孩的母亲，也为自己。他从怀里掏出一张照片，哽咽着，塞给男孩。他说从此以后，你和你娘，再也不用担惊受怕了……可是你们，至少，还得等我三年。

照片上，有年轻的自己，年轻的女人，以及年幼的男孩。

男人走出屋子，走进阳光之中。一朵一朵的阳光，抱成了团，连成了片，让男人无处可逃……

只要七日暖

几年前，我在市供暖公司上班，每天负责收取供暖费。我们这座北方小城，到冬天，家里如果不通暖气，连空气似乎都能结成坚冰。

那年的冬天来得特别早，仿佛秋天刚过一半，就到了隆冬。那个下午，在窗口前等待交费的人排成长龙。我注意到一个男人，总是在轮到他的时候，就站到一边，独自待一会儿，似乎后悔了，再从队尾排起，等再一次轮到他，却又站到了一边，待一会儿，再一次回到队尾。好像，他想跟我说什么，却总也开不了口。

临下班的时候，整个交费大厅，终于只剩下他。我问，您要交费么？男人说，是交费，是交费。声音很大，很突然，语速夸张地快。似乎一下午的勇气和力气，全都集聚在一起了。

我问他家庭住址，他急忙冲我摆手。不忙不忙，他说，先麻烦问一下，能不能只交八天的钱？

我愣住了。心想，只交八天的钱，开什么玩笑？

他急忙解释，我知道这违反规定，我知道，供暖费应该一次交足四个月。可是，我只想交八天的钱。你们能不能，破个例，只为我们家，供八天的暖气？

男人五十多岁的样子，已经满脸皱纹，包括嘴角。那些话便像是从皱纹里挤出来的。每个字，似乎都饱经了风霜。苍老且浑浊。

可是为什么呢？我迷惑不解。

是这样的。男人说，我和我爱人，下岗在家，还要供儿子念大学，没有多余的钱交供暖费。——其实不交也行，习惯了，也不觉得太冷。可是今年想交八天，从腊月二十九，交到正月初七……

可是，一冬都熬过了，那几天又为什么要供暖呢？因为过年吗？我问。

不是不是。男人说，我和我爱人，过年不过年的，都一样。那几天通暖气，因为我儿子要回来。他在上海念大学……念大三，两年没回家了……我也不知道他在忙些啥，打工忙，还是读书忙。不过今年过年，他要回来……写信说了呢，要回来……住七天……要带着女朋友……他女朋友是上海的，我见过照片，很漂亮的闺女。男人慢吞吞地说着，眉毛却扬起来。

您儿子过年要回来住七天，所以您想开通八天的暖气，是这意思吧？我问。

是的是的。男人搓着手，有些不好意思。他回家住七天，我打算交八天的暖气费。——家里太冷，得提前一天升温，否则他刚回来，受不了的。……我算过，按一平方每天一毛钱计算——是这个价钱吧今年——每平方每天一毛钱，我家五十八平方，一天是五块八毛钱，八天，就是四十六块四毛钱……错不了。男人从口袋里，掏出一小摞钱，推给我。我数过的，男人说，您再数数。

我盯着男人的脸。男人讨好地冲着我笑。又怯怯的。那表情极其卑微，为了他的儿子，为了八天的供暖费。

当时我极想收下这四十六块四毛钱。非常想。可是我不能。因为不仅我，连供暖公司，也从来没有遇到过这样的事。

于是我为难地告诉他，我得向领导请示一下。因为没有这个先例。这件事，我做不了主。

那谢谢您。男人说，您一定得帮我这个忙。……我和我爱人倒没什么，主要是，我不想让儿子知道，这几年冬天，家里一直没通暖气……

我起身，走向办公室。我没有再看男人的脸。不敢看。

最终，公司既没有收下男人的钱，也没给男人供八天的暖气。原因很多，简单的，复杂的，技术上的，人手上的，制度上的，等等。总之，因为这许多原因，那个冬天，包括过年，我想，男人的家，应该冷得像个冰窨。

后来我想，其实这样也挺好。当他的儿子领着漂亮的女朋友从上海回来，当他发现整整一个冬天，他的父亲母亲都生活在冰窨似的家，也许，那以后，他会给自己的父母，比现在，多出几倍的温暖吧？

那些绚烂的花儿

女孩受了伤，住进医院。她的眼睛上缠满厚厚的纱布，世界在她面前，突然变得黑暗一片。医生告诉她，一个月后，这些纱布才能拆掉。她问，我的眼睛能好起来吗？医生说当然能。不过，你必须忍受一个月的黑暗。女孩有些害怕。一个月的黑暗？她不知道自己会不会疯掉。

女孩只有十二岁。她的父母长年飘在国外。父亲打电话安排妥当她的一切，可是他们不能过来陪她。他们很忙，有许多非常重要的事情要做。父亲说等你拆纱布那天，我一定回来。——医生说过没事的，况且，还有无微不至的护士。

女孩每天躺在床上睡觉，听收音机。她所能做的，好像只有这些。那是两个人的病房，带一个很小的洗手间。每天会有人把饭菜送到她的床前，然后离开。那是父亲为她雇的钟点工，就像一个走时准确的钟表。她不必担心自己的生活问题，可是无边无际的黑暗还是让她心烦意乱。她知道自己对面的床上有一位阿姨。那阿姨常常轻哼着歌。她的声音很好听。女孩想自己是那位阿姨多好。好像，只要能够驱走黑暗，拿什么交换，她都愿意。

有一天阿姨突然问她，你天天这么躺着，闷不闷？女孩说当然闷，我快闷死了。阿姨说我带你出去走走吧？女孩问去哪里走走？阿姨说就去后院吧。那里有一个花园，现在，正是各种花儿开放的时候呢。

于是女孩和阿姨走出病房。这是女孩住院后第一次走出病房。她紧紧握住阿姨的手，好像生怕自己走丢。阿姨好像猜中了她的心思，她在前面走得很慢。终于她们来到了后院，女孩感觉到和暖的阳光、清新的空气、香甜的鲜花气息，还有在花间舞蹈的蜜蜂。阿姨牵着她的手，她说你知道吗？其实现在，花儿开得并不多……因为是春末……牡丹都开了……多是大红的花瓣……像什么呢？对了，像簇拥在一起的大蝴蝶。还有蜜蜂……过几天，半个多月吧，花园里剩下的花苞应该全都开了吧？那时候，你正好可以看见它们啦。女孩轻轻地笑了。那天她很开心。她一直盼着拆掉纱布的那一天，她盼得心烦意乱。可是今天，突然，她发现，原来期盼也是一件很美好很快乐的事情。

每天阿姨都要带女孩去医院的后院看花。她给女孩描述每一朵花苞，每一棵树，每一只蝴蝶和蜜蜂。有了她的描述，女孩记住了每一朵花的样子，每一棵树的样子，甚至每一只蝴蝶和蜜蜂的样子。现在女孩没有时间烦恼了，因为她的心里有一个芳香的花园，有一片绚烂的花儿。她想，等拆掉纱布那天，一定要那位阿姨为她多拍几张照片。她会站在一簇一簇的鲜花中，阳光遍洒在身，她眯着眼，享受着阳光，笑着。那该是多美好多幸福的事啊！

拆掉纱布那天，父亲从国外赶回来，一直在旁边陪着她。的确，医生没有骗她，她真的在一个月之后，重新看到了久违的阳光。她咯咯笑着，拉父亲跑向医院的后院。——在清晨，那位阿姨离开了病房。她说，她会在花园等她。

阿姨也没有骗她。那儿果真有一个花园，有绿树红花，有成群的彩蝶和蜜蜂。阿姨正站在那里，对着她笑。

可是那一刻，她却愣住了。她发现阿姨无神的眼睛！

她竟然，是一位盲人！她竟然，看不见任何东西！

那天她们坐在长凳上，聊了很多。女孩问她的眼睛会不会好起来，她说，可能会，也可能不会。不过，只要心是明亮的，你就能拥有世界上最绚烂的花儿。

真正的冠军

临行前他去医院看望四岁的女儿。女儿问他什么时候回来，他说很快，比赛结束后，我就会坐飞机回来。女儿问，爸爸能得第一名吗？妻子说他能，他肯定能。女儿说，要爸爸亲口答应我才算数。他想了想，说，当然能。我肯定会得第一名。女儿问，到时候我能在电视里看到爸爸撞上那根红线吗？他说，当然，不撞上红线，算什么第一名？说不定我还会在电视里冲你做一个鬼脸呢。女儿高兴地笑了。她和爸爸一本正经地拉勾。

可是他根本没有拿到第一名的实力。是省里的一个综合运动会，是4×400米的接力赛，他和另外三位队友代表着他们的城市。他看了报名成绩，他们的成绩仅排在所有报名成绩的中下游。他不知道该怎么办才好。他不知道该如何面对自己的女儿，以及自己的承诺。

医生说女儿已经活不到两个月。女儿却并不知道。她只知道自己的爸爸肯定会在这次运动会上拿到第一名，她会把他的第一名当成爸爸送她的礼物。女儿的目光明亮清澈，充满期待。他不忍让那双眼睛失望。

他想了很多办法。甚至，他找到本市电视台的记者，要求他们为自己拍摄一个虚假的撞线镜头。面对记者们疑惑的目光，他告诉他们，他是为了自己即将死去的女儿。那些记者们很感动也很伤心，可是他们没有办法帮他。决赛会是现场直播，即使他们真的帮他拍摄出几个虚假的镜头，也不能够播出去。

现在他没有任何办法。他只希望他和他的队友们超常发挥，最终拿到那个冠军。他知道，这需要奇迹。

奇迹真的出现了。他们不可置信地跑进了决赛，以最后一名的成绩。

他希望奇迹可以延续。

决赛终于开始了。那是整个运动会的最后一项赛事。他们吸引了几乎所有的摄像机和目光。他还知道，在一千公里以外，他的女儿正坐在电视机前，等待他第一个撞上那根象征冠军的红线。女儿会为他加油，为他叫好，为他鼓掌，为他骄傲。女儿在等待她的礼物。

他有些紧张，甚至恐惧。他知道，他和他的队友，根本不可能得到那个第一名。

比赛沿着正常的秩序向前发展。预赛成绩第一名的代表队选手现在跑在最前面，第二名的跑在第二位，而他们的第一棒，被别人甩到最后。可是第二棒的队友发挥得很好，他追赶上一名对手；第三棒的队友照样超常发挥，同样追赶上一名对手。可是没有用，对他来说，除了第一名，别的都没有丝毫的价值。现在终于轮到了他。队友将接力棒递到他的手里，他接过来，闭紧了眼睛向终点冲去。他从来没有用过这么大的力气。观众席上山呼海啸，可是他什么都听不见。他的脑子里只想着他的女儿。他的女儿即将死去。他的女儿说，爸爸一定要拿第一名。

他一连追上了三名对手。可是他的前面还有一个人。他知道那个人要撞线了。只要那个人的身体撞上那根红线，那么，他想，女儿的目光将刹那黯淡。

终点向他奔来。那根红线向他奔来。可是他和第一名，仍然有小半步的距离。他已经没有力气追上前面的人。可是他必须最先碰触那根红线。第二名对他来说，注定是一场灾难。对手即将撞线。他即将崩溃。奇迹没有延续。一切似乎即将结束。

最后一刻，他扑向终点！他向那根红线，伸出了双手！他犯规了！

他抓住了那根代表胜利的红线。他把它抓得很紧。抓紧红线的瞬间，他重重摔倒在地。他飞快地爬起来，一瘸一拐跑向摄像机。他兴奋得满脸通红。他向摄像机不停地做着鬼脸。他挥舞着那根红线，冲摄像机不停地喊，看到了吗？红线！我是第一名，我是冠军！他的膝盖上流着血，一小块白骨清晰可见。

所有人都惊呆了。人们忘记了阻止他。人们认为他变成了一个疯子。整个体育场鸦雀无声，人们只听到他一个人近似疯狂的呐喊，我是第一名！我是冠军！

理所当然，他被取消了成绩。他的队友们被取消了成绩。他的城市被取消了成绩。

他向队友们道歉。他给他们讲他女儿的故事，队友们都哭了。没有人责怪他，他们每人送给他一个最结实的拥抱。他们说，今天我们是真正的冠军。这会是你女儿收到的最开心的礼物。

骄傲的红薯

//

母亲很少去看她的儿子。有时在校门口匆匆见一面，母亲塞给儿子零食和钱，表情局促不安。母亲把话说得飞快，好好学习注意安全等等，却像背台词，千篇一律。然后母亲说，该回去了。做出欲走的样子。儿子说再聊一会儿吧。眼神却飘忽不定。母亲笑笑，转身，横穿了马路，走出不远，又躲在一棵树后面偷偷回头。她想再看一眼儿子，哪怕是背影。儿子却不见了。儿子像在逃离，逃离母亲的关切。

母亲很满足——一个读大学的儿子，高大英俊，学生会干部，有奖学金——还有什么不满足的呢？并且她知道，儿子正在偷偷恋爱。她曾远远地看过那姑娘一眼，瘦瘦高高，和儿子很是般配。她不知道儿子和姑娘在一起会聊些什么，但她想应该不会谈到自己。一个收废品的母亲，有什么好谈的呢？或者，就算谈起，她知道，儿子也会说谎。比如说她是退休干部，退休工人，等等。这没有什么不好，母亲想，既然她不能给儿子带来骄傲和荣耀，那么，就算儿子说她已经过世，她都不会计较。

她真的不会计较。她真的很满足。

可是今天她很想见儿子一面。其实每天她都想见儿子一面，今天，她有了充足的借口。老家人送她一小袋红薯，个头大皮儿薄，脆生生喜人。煮熟了，香甜的红瓤化成蜜，直接淌进咽喉。母亲挑几个大的，煮熟，装进保温筒，又在外面包了棉衣，然后骑上她的三轮车。儿子从小就爱吃红薯，一路上母亲偷偷地笑。她想应该叮嘱儿子给姑娘留两个，尽管城里满街都是烤红薯，可是不一样的。这是老家的红薯，有着别处所没有的香甜。

是冬天，街上的积雪未及清理，就被车轮和行人压实，变成光滑的冰面。家离学校约五公里，母亲顶风骑了将近两小时的车。雪还在下，母亲头顶白花花一片，分不清是白发还是雪花。她把三轮车在街角停下，然后抱着那个保温筒横穿了马路。她想万一在校门口遇到儿子，就说，是打出租车来的。想到马上就能见到儿子，母亲再一次偷偷地笑了。

所以，她没有注意到开过来的一辆轿车。

车子在冰面上滑行好几米才停下来。司机摁响了喇叭，母亲一惊，忙往旁边躲闪，却打一个趔趄，然后滑倒。她慌慌张张爬起，未及站稳，又一次摔倒。

她的手里，仍然稳稳地抱着那个保温筒。

司机紧张地扶她起来，问她，你没事吧？母亲摇摇头说，没事。她的脸被一块露出冰面的玻璃碴划开一条口子，现在，已经流出了血。

司机吓坏了。他说我得陪你去医院看看。

母亲笑笑说，真的没事。

司机说可是你的脸在流血……

在流血吗？母亲变了表情。果然，汽车的反光镜里，她看到自己流血的脸。

我得陪你去医院看看。司机坚持着。

真的不用。母亲说，可是这样的脸，怎么去见我的儿子呢？

司机打开车门，把母亲往车里拉。母亲被他吓坏了，似乎比撞上汽车还要紧张。真的不用，她说，你忙你的吧！

司机看着母亲，好像除了脸上的伤口，她真的没事。司机只好说那我给你一些钱吧，一会儿你自己去医院看看。他掏出两百块钱，又掏出一张名片。这上面有我的电话，他说，如果钱不够，随时打电话给我。

母亲一只手抱着保温筒，一只手推搡着名片和钱。突然她停下来，认真地对司机说，你真的想帮我吗？如果你真的想帮我，那么，能不能请你，把这个保温筒转交给我的儿子……他在这个大学读书，他功课很好……

母亲指了指那座气派的教学楼，脸上露着骄傲的表情。

片刻后司机在校门口见到母亲的儿子。的确是一位英俊的男孩，又高又壮，穿宽大的毛衣和洒脱的牛仔裤。司机将保温筒递给男孩，说，你妈让我带给你的。

男孩说，哦。眼睛紧张地盯着校园里一条卵石小路。小路上站一位高高瘦瘦的长发女孩。

司机提醒他说，是煮红薯。你妈让你先吃一个……她说，还热着。

男孩突然想起一个问题，他问司机，她人呢？

司机说她不敢见你。

不敢见我？

她受伤了。

受伤了？

她摔倒了。她横穿公路，我的车开过来，她一紧张，滑倒了……脸被划破一条口子，流了血。她可能，怕你伤心……也可能，怕给你丢脸……她倒下的时候没用手扶地……她任凭身体跌上冰面，却用双手保护着这个保温筒……她嘱咐你现在就吃一个……她说，现在还热着……

司机掏出两百块钱，硬往男孩手里塞。

男孩愣愣地看着保温筒，慢慢将它打开。那里面，挤着四五个尚存温热的煮红薯。它们朴实，土气，甚至丑陋，可是它们香甜，温热，就像老家的乡亲，更像母亲。

司机拍拍男孩的肩膀，说，她还没走。顺着司机的手指，男孩看到了风雪中的母亲。她躲在一棵树的后面，偷偷往这边看。儿子似乎看到了母亲的笑容，母亲似乎发现了儿子的目光。母亲慌慌张张地上了三轮车，转一个弯，就不见了。母亲的头发，银白如雪。

男孩没有追上去。他知道母亲不会让他追上去，不想让他追上去。可是他已经决定，今晚，就回家看看母亲。他还会告诉女友，母亲并不是退休干部，她一直靠收废品供他读大学。她是一位伟大的母亲，她是他的骄傲。

秘密

女人去世以前，一遍遍喊着女儿的名字。她已经神志恍惚，声音低得连自己都听不见。后来她发不出一点声音，她的嘴张张合合，泪如泉涌。男人俯下身子，说我知道，我都知道。他握着女人的手，亲吻女人的手，任那只手慢慢变凉，任女人的生命，走成一条直线。

是车祸。女人在医院，硬撑了整整两天。男人想把女儿接过来，女人挣扎着说不要。不要，她流着泪说，别吓坏了她。

刚满一周岁的女儿，住在乡下奶奶家。她蹒跚学步，咿呀学语，牙床上发出米粒般的白色乳牙。她每天都在笑，每天都在哭，不管笑与哭，她都是快乐的。一周岁的她不懂生死离别，不知道识图本上可爱的蓝色的大货车，可以让自己从此失去母亲。

回到城市已是一个月以后，男人去乡下接女儿回来。公共汽车上，男人用拳头堵住嘴巴，无声地号啕。怎么跟女儿说呢？假如可以选择，他宁愿撞上货车的，是自己；假如没有女儿，他宁愿伴着女人，一起离去；假如，假如女儿可以原谅自己，他宁愿跪在她的面前，说上一千句“对不起”。

可是，怎么跟女儿说呢？

男人说妈妈出差了，很长时间，不会回来。

女儿眨着眼睛，说，妈妈。

可是妈妈去很远很远的地方出差了……那是地图上找不到的地方……她需要很长时间，才能回来。

女儿眨着眼睛，说，妈妈，妈妈。

男人扭过脸去，看着窗外，任泪水无声滑落。油菜花染黄了天际，男人想起在春天的田野里奔跑的女人。女人一袭长裙。女人黑发飘扬。女人眸似春水，齿如美玉。女人将一枚戒指，戴上他的无名指。女人轻抚着凸起的肚皮，专注地为他煲汤。女人怀抱着乖巧的女儿，乳香四溢。女人弥留之际，哭着，喊着，说，我想妞妞……别让她来，她会怕……

男人为女儿讲故事，洗衣服，做饭，买玩具；男人去幼儿园接她送她，不忘在头上插一根天线，扮成外星人；男人带她去动物园和游乐场，将她扛在肩膀上，风一般奔跑。男人努力让她忘掉妈妈，努力让她的童年充满阳光。可是这怎么可能？安静时，女儿歪着脑袋，一遍遍问他，妈妈什么时候回来？

男人捂住了脸。他可以忍受一切，责怪，磨难，痛苦，孤独……可是他忍受不了女儿的眼睛。那眼睛清澈无辜，闪动着令人揪心的企盼。她只是一个四岁的孩子，可是为什么，她的眼睛里，竟也有那么深沉的忧伤？

男人正为女儿系着鞋带。那天，他跪在地上，久久没有起来。

不断有人给男人介绍朋友，女人或者女孩，出于敷衍或者礼貌，男人匆匆见一面，从此再无瓜葛。几年来，几乎每一个夜里，男人都在想她——想她的温柔善良，想她在香气浓郁的田野里奔跑——他知道她永不会回来——正因如此他才愈加想她——想到泪流满面——想到肝肠寸断——想到白了头发。

是的。那天，早晨，洗漱镜里，男人发现自己的鬓角，竟然如同霜染。这时的男人，不过三十多岁。

他知道女儿也想妈妈。他还知道，女儿的记忆里，妈妈不过是一个模糊的影子。一岁的年纪，能存下多少完整的记忆呢？她想妈妈，只因为她羡慕别的孩子，羡慕别的孩子有妈妈。只因为，她知道自己，应该有一个妈妈。

妈妈去很远很远的地方了……那是地图上找不到的地方……也许，她很快就会回来。男人这样说。奶奶这样说。邻居这样说。幼儿园阿姨这样说。每个人都这样说。说时，心中充满不安和自责。其实，对一个不谙世事的孩子隐瞒实情，也是那般痛苦。

终于，女人的姐姐从遥远的城市赶来。她劝男人再娶一位妻子，她说你和妞妞，不可能永远这样下去。男人绞着手，说，我爱她。她说我知道你爱她……我也爱她……她是你的妻子，也是我的妹妹，可是照你现在这样，早晚得累趴下……找个人一起过日子吧——照顾好妞妞，不正是她临去前的愿望吗？男人说不出话，低了头，红了眼圈。是啊！照顾好妞妞，不正是女人的愿望吗？何况，他有权利永远欺骗自己的女儿吗？可怜的妞妞，已经长到了六岁。

男人真的遇上一位好女人。女人安静内敛，优雅善良。女人陪他散步，陪他聊天，给他洗满盆的衣服，在幼儿园门口，偷偷看妞妞两眼。男人不想让她过早与妞妞交流，他不知道当多年的谎言揭穿，女儿脆弱幼小的心灵，将会是怎样一种天崩地裂的痛苦？那就再等两年吧。再等两年，等女儿再大些，他想，他会把所有的一切，原原本本地告诉她。

所以，那天，男人笑着对女儿说，妈妈就要回来了。女儿愣着，似乎不敢相信男人的话。男人说可是妈妈瘦了……妞妞，你还能想起妈妈的样子吗？女儿歪着脑袋，想了很久，摇摇头。男人轻轻地笑了，有些心痛，又有些欣慰——她毕竟，还是一个孩子。

女人拖一个旅行箱，进了屋子。女人冲妞妞扬开双臂，招呼她过来。妞妞怔着，呆在原地，表情竟然有些拘谨。男人说妞妞，不认识妈妈了吗？妞妞仍然呆怔着，不肯上前。男人说快叫妈妈啊！妞妞就冲上前去，叫一声妈妈，扎进女人的怀里。男人看到，那一刻，女人的眼睛里，饱含了泪花。

吃过午饭，女人随妞妞去她的房间。女人说我给你讲个故事吧！妞妞说，我知道你不是妈妈……你是她的朋友吧？

女人一愣。

妈妈她已经死了。妞妞认真地说，我是听奶奶说的……前些天，奶奶跟爷爷说，被我听到了……只有爷爷、奶奶，加上我，知道妈妈死了，当然，现在，还有你。妈妈在我一岁的时候就死了，她回不来了……可是别人，包括爸爸，都还以为，她在很远很远的地方出差……

女人已经说不出话来。

如果你能对我好，能对爸爸好，我同意你做我的妈妈。妞妞拉过女人的手，勾起她的小指，说，这是咱们之间的秘密，千万不能让爸爸知道……如果他知道，他会很伤心……

男人站在门口，咬着嘴唇，静静地听。脸上，早已经亮晶晶一片。

最后一位客户

他静静地坐在办公室里，等待他的客户。那客户将会带过来十五万现金。对客户来说，这是一笔重要的生意。他们合作过好多次，彼此早以兄弟相称。好像这并不夸张，因为客户对他，已经深深信任。

他的公司开了好几年，似乎一直运转良好。——只有他知道问题的严重性；只有他知道自己赔了多少钱，又欠下多少债；只有他知道自己已经接近崩溃；只有他知道，明天，公司就将不复存在。现在他等待的，只有这最后的一位客户。他将收下这位客户的十五万现金，然后在黄昏，携款潜逃。他知道他肯定可以做到，因为那位客户对他毫无戒备。他知道这是犯罪，他知道后果的严重性，可是他想博一把。

客户在约好的时间敲响了办公室的门。他把客户让到沙发上，递烟递茶，聊些无关紧要的话。太阳在窗外从容且温暖地照着，他却不停地打着寒战。终于他们聊到了正题，客户打开密码箱，他看到十五摞花花绿绿的钞票。

这之前，他见到过太多次十五万。每一次都代表着一笔不错的生意。可是这一次不同。这一次，他没有生意可做。他根本不打算、更没有信心完成这单生意。他只想骗下这十五万块钱。然后，开始他东躲西藏的日子。

他已经订好了机票。他知道自己一旦跟客户说了谎话，就将变成贼，就将开始逃离。可是他觉得没有办法。他认为自己必须去做。

客户说这次有问题吗？

他说，没问题。明天早晨，您过来提货。

这时电话响了。很突然的声音，把他吓了一跳。是母亲打来的。上一次他和母亲通电话，还是一个月前。

母亲说你还好吗？

他说还好。

母亲说晚上回家吃饭吧。我买了很多菜。排骨已经炖好了。晚上回回锅就行……

他说不了。今晚，忙……

母亲问生意不顺心吗？

他说没有。生意很好。刚接了一笔大单子，十五万……

母亲说那就好。晚上回来吧。你已经一个多月没有回家吃过饭了。

他说，怕真的没时间。

母亲在那边沉默了很久。然后，母亲突然问，是不是生意不顺心？

他说没有。刚接了一笔大单子……

母亲说你骗不过我的。上次你回家，看你唉声叹气的，就知道肯定是生意遇到了麻烦。听我说，如果撑不下去了，别硬撑，回家歇一段日子……不管如何，家永远欢迎你。

他抹一下眼睛。他说，生意没事。

母亲说我给你攒了些钱，也许能帮上你的忙。晚上你回家吃饭时，我把钱给你。

他问多少？

母亲说，五千块。

他终于流下眼泪。今晚，他将携十五万巨款潜逃，母亲却会一直守在饭桌前，等他回家吃饭；为了赚钱，他在酒店里宴请他的生意伙伴，花掉很多个五千块钱，而他的母亲，为了他的公司，却悄悄地攒下五千块钱，并幻想用这五千块钱，将他的公司挽救。

他握着电话，流着泪，久久说不出话来。

母亲说，晚上回家吃饭吧，我等你。然后，电话挂断了。

其实，家与公司，相距不足二十里。

他慢慢踱到窗前，看窗外的阳光。阳光下人流如织，好像所有的人都是快乐的。他想他们之所以快乐，是因为他们走在阳光里；他们之所以快乐，是因为他们心中没有阴暗；他们之所以快乐，或许，只因为他们今天能够回家，吃一顿母亲亲手做的晚饭。

客户被他的样子吓坏了。问他，你怎么了？

他说，没什么。

客户说那我先走了。钱你收好。明天一早，我来提货。

他喊住了客户。他说没有货。我骗了你。我犯下一个无耻的错误。我想骗走你的十五万块钱。

客户愣住了。在确知他没有开玩笑以后，客户思考了很久。然后，客户说，我可以等你三天。三天里，只要你能备齐货源，我还会和你做这笔生意。不过，能不能告诉我，是什么让你放弃了这个疯狂的举动？

他说，是母亲。因为母亲今天晚上，会一直等我回家吃饭……

那天晚上，他真的回了家。他陪母亲吃了晚饭，和母亲拉了很多家常。第二天回来的时候，他带上了母亲给他的五千块钱。他把它们存到银行，将存单镶在镜框里，小心翼翼地摆放在办公桌上，日日擦去灰尘。

三天后，他真的做成了那笔十五万的生意。他的公司竟然起死回生。

他并不避人。他在好几个场合说起过他的这次经历。每到这时，就会有人感叹说，多亏了那位最后的客户，如果没有他那笔十五万的生意，如果没有他对你的信任和宽容，那么，你也许不会挺过来，更不可能把公司做到现在。

他点头。他承认那位善良并宽容的客户给了他很多。可是他认为，真正挽救自己的，其实是她的母亲，是母亲的五千块钱，是母亲的那顿晚饭，是母亲的几句问候，甚至，仅仅是母亲关切的眼神。

他坚信，虽然母亲不懂经商，但她永远会是自己最后一位客户。

你永远没有一败涂地

20世纪80年代末，我迎来了人生的第一个机会——报考乳山师范学校的美术专业。那时候，师范特别受欢迎，受我们这些农村穷孩子的欢迎——只要考上了，工作和户口就有了保障。

之前我自学了十几年美术。对考上师范，我有足够的信心。

初试进行得非常顺利，无论素描还是速写，我全都超常发挥。回到家，父亲问我考得如何，我告诉他，就算只录取一个，也非我莫属。我没有夸张，考美术不像考文化，大家挤在同一间屋子里，面对着同一个模特。只要转转脑袋，谁画得好，谁画得不好，一目了然。

果然，我以初试第一名的成绩进入复试。复试在乳山师范学校进行，我带了画具，提前一天来到考场。由于头一天晚上感冒，到了考试那天，我头痛欲裂，鼻涕一把泪一把，看什么都是重影。于是心里叮嘱自己，一定要考好，一定不要受感冒的影响。然而越是这样，我越紧张，结果，我发挥得一塌糊涂。我看了看，整个画室里，我的画充其量只能排在中游。而这样的成绩，根本不可能考上。

素描之后是速写。因了素描的糟糕发挥，我的速写也很不成样子。每个考生只有一张盖了编号的画纸，一旦画坏，便不可再改。我知道，我也许会被淘汰。

最后考的是美术理论，紧张到极点的我，不仅把“吴道子”写成了“吴作人”，并且将三原色中的黄色答成了冷色调。而这些，在我很小的时候，便可以倒背如流。

我沮丧极了。

回到家，父亲问我考得如何。我告诉他，就算只淘汰一个人，也极可能是我。我同样没有夸张。我发挥得差极了。我怨不得别人。

经过近一个月的忐忑并且心存侥幸的等待，当成绩终于公布，我果然榜上无名。尽管早已做好心理准备，但那时，我还是感觉天都塌下来了。一个农村孩子就此失去走出农村的最好的机会，有什么比这更糟糕的事情呢？我想因了我的失败，我注定会重复父辈们那种“面朝黄土背朝天”的生活。

父亲劝我说，以后的事情，谁也料不到。虽然现在你没有考上师范，以后或许也不会从事与美术有关的职业，但是我相信，你肯定会有更好的前程。

可是我已经被淘汰了。我说，我不知道我还能有什么更好的出路。

也许你的很多潜能，连你自己都没有发现。父亲说，这么多年，你迷恋画画，是好事。但同时，这也会限制你对其他潜能以及才华的发现。我相信多年以后，你会从事一种你之前从没有做过，甚至从没有想过的职业，并且你会做得很好。所以，现在你被淘汰虽不是好事情，但你并没有一败涂地。考试成绩不过代表了你在某一个领域的技能或者对某几门学科的认知程度，说明不了其他问题。考试成绩或许会影响你一段时间的人生，却不会永远影响你的人生……请记住，对一个有理想的人来说，永远不要用“一败涂地”这个词。

往后那些年，我读职高，毕业，在各种各样的工厂打工，自己做生意……即使生活最艰苦、心情最灰暗的那段时间里，我也记得父亲的话：你永远没有一败涂地。

现在我所从事的职业与当初的理想毫不相干，但是，我同样很快乐，同样可以为社会做很多有意义的事情。这些年，我无数次想，假如当初我考上了师范，又能怎么样呢？得到的同时，意味着失去，很多时候，我甚至感谢那次失利。

没有失败就没有成功。在同一个领域是这样，在不同的领域也是这样。

母亲营养法则

//

母亲住在距城市二百里外的乡下，那当然也是他的老家。城市有直通村头的公共汽车，一天一班。一年中绝大部分时间，他和母亲间的联系几乎全靠了这辆汽车。每隔一个星期，母亲都要托司机师傅为他捎来一些新鲜蔬菜，西红柿，黄瓜，韭菜，白菜，萝卜，卷心菜，莴苣，大葱，豆角，冬瓜……母亲的菜园物产丰饶，她是一位勤劳的农夫。

母亲知道单身的他不喜欢蔬菜。如果不是为了营养，他很少去超市买回青菜，餐桌上更是极少出现哪怕一丁点儿绿色。还好有母亲为他捎来的蔬菜。蔬菜们堆在冰箱，打开就能看见。那是母亲亲手种出来的，散发着故乡泥土的芬芳，当然不能够浪费。于是他的一日三餐，就有了些强制性的较为合理的科学搭配。

有时母亲会打来电话。她问，看见我捎给你的芹菜了吗？他说看到了，两大捆。母亲说多吃些。电视上讲了，芹菜粗纤维含量高，对人体有好处。他说好，偷偷笑。他不满十岁的时候就知道芹菜粗纤维含量高，他还知道芹菜应该先烫后炒。他不是不懂做菜和营养，他只是反感那些细致繁复的烹饪过程。还有，他管不住自己苛刻贪婪的味蕾。

母亲又打来电话，告诉他冬瓜可以减肥。昨天给你捎了一个，你尽量多吃些，母亲说，电视上看的，据说效果很好。——母亲不识字，乡下又没什么娱乐，电视早已成为她的最爱，尤其是烹饪和营养类节目。他说好，仍然偷偷笑。他的确需要减肥。可是他不喜欢冬瓜。他甚至认为冬瓜不应该属于蔬菜。又丑又大的冬瓜，一个可以吃上半月。再好吃，再有营养，也早腻了。

他见过母亲的菜园。在夏天里，在他难得回一趟老家时。菜园不大，生菜们绿得像翡翠，西红柿红得像太阳，细细的篱笆上爬满镰刀似的豆角。还有一口水井，还有水井里的青蛙。可是那样一小片菜园怎么能种出这么多东西呢？有时候去超市，他就故意跑去看蔬菜，于是他惊奇地发现，母亲种出来的蔬菜，甚至比超市里的还要好很多。

时间久了，心中自然产生一些怀疑。

终于那一天，他在母亲捎来的蔬菜口袋里发现一个方便袋。那是乡下镇上超市里的方便袋，印着地址和电话，装着几头乒乓球般大小的大蒜。母亲把电话追过来，她说，多吃大蒜防癌……他说我在菜口袋里发现一个方便袋，是镇上超市里的。母亲说是吗？……可能我用超市的方便袋装了什么东西吧……

他却不信了。几天后晚上看电视，正好遇上一档营养类节目。主持人笑盈盈地说，木瓜是水果之王。要多吃木瓜……

第二天打电话给母亲，问，下星期您想给我捎些什么菜来？

母亲说除了以前的那些，还想给你捎两个木瓜。村子里有人种，结了很多，就送我四个……木瓜是水果之王……

他手捧电话，狂笑不止。他们住在华北平原，这里怎么可能长出木瓜呢？他笑了很久，终于停下，再叫一声妈，一滴泪滑落脸颊……

晚报B叠 / /

晚报B叠，第二版，满满的全是招聘广告。每天他从小街上走过，都会停下来，在那个固定的报摊买一份晚报，回到住处，慢慢地看。他只看B叠，第二版。他失业了，B叠第二版是他的全部希望。

卖报纸的老人，像他的母亲。她们同是佝偻的背，同是深深的皱纹，同是混浊的眼睛和表情。可那不可能是他的母亲。母亲在一年前就去世了。夜里，他常常在不知不觉中哭湿枕头。他把报纸抓到手里，卷成筒，从口袋里往外掏钱。他只掏出了五毛钱，可是一份晚报，需要六毛钱。他记得口袋里应该有六毛钱的，可是现在，那一毛钱，却怎么也找不到了。

五毛钱行不行？他商量。

不行。斩钉截铁的语气。

我身上，只带了五毛钱。他说。其实他想说这是他最后的五毛钱，可是自尊心让他放弃。

五毛钱卖给你的话，我会赔五分钱。老人说。

我以前天天来买您的报纸。

这不是一回事。老人说，我不想赔五分钱。

那这样，我用五毛钱，只买这份晚报的B叠第二版。他把手中的报纸展开，抽出那一张，卷成筒，把剩下的报纸还给老人。反正也没几个人喜欢看这个版，剩下这沓，您还可以再卖五毛钱。他给老人出主意。

没有这样的规矩。老人说，不行。

真的不行？

真的不行。

他有一种想哭的冲动。上午他去了三个用工单位，可是他无一例外地遭到拒绝。事实上，几天来，他一直被拒绝。仿佛全世界都在拒绝他，包括面前这位极像他母亲的老人；仿佛什么都可以拒绝他，爱情，工作，温饱，尊严，甚至一份晚报的B叠。

我几乎天天都来买您的报纸，明天我肯定还会再来。他想试最后一次。

可是我不能赔五分钱。老人向他摊开手。那表情，没有丝毫可以商量的余地。

他很想告诉老人，这五毛钱，是他的最后财产。可是他忍住了。他把手里的报纸筒展开，飞快地扫一眼，慢慢插回那沓报纸里，然后，转过身。

你是想看招聘广告吧？老人突然问。

是。他站住。

在B叠第二版？老人问。

是这样。他回过头。他想也许老人认为一份晚报拆开卖的确是个不错的主意。也许老人混浊的眼睛看出了他的窘迫。他插在裤袋里的两只手一动不动，可是他的眼睛里分明伸出无数只手，将那张报纸紧紧地攥在手里。

知道了。老人冲他笑笑，你走吧。

他想哭的冲动愈加强烈。他认为自己受到了嘲弄。嘲弄他的是一位街头的卖报老人。老人长得像他的母亲。这让他伤心不已。

第二天他找到了工作。他早知道那个公司在招聘职员，可是他一直不敢去试，——他认为自己不可能被他们录取。可是因为没有新的晚报，没有新的晚报E叠第二版，没有新的供自己斟酌的应聘单位，他只能硬着头皮去试。结果出乎他的意料，他被录取了。

当天他就搬到了公司宿舍。他迅速告别了旧的住所，旧的小街，旧的容颜和旧的心情。他所有的一切都是新的。接下来的半个月，他整天快乐地忙碌。

那个周末他有了时间，他一个人在街上慢慢散步，不知不觉，拐进了那条小街。他看到了老人，老人也看到了他。的确，老人像他的母亲。

老人向他招手，他走过去。步子是轻快的，和半个月前完全不同。老人说，今天要买晚报吗？

他站在老人面前。他说，不买。以后，我再也不会买您的晚报。他有一种强烈的报复的快感。

老人似乎并没有听懂他的话。她从报摊下取出厚厚一沓纸。她把那沓纸卷成筒，递给他。老人说，你不是想看招聘广告吗？

他怔了怔。那是一沓正面写满字的十六开白纸。老人所说的招聘广告用铅笔写在反面，每一张纸上都写得密密麻麻。他问这是您写的？

老人说是。知道你在找工作，就帮你抄下来。本来只想给你抄那一天的，可是这半个月，你一直没来，就抄了半个月。怕有些，已经过时了吧？

他看着老人，张张嘴，却说不出话。

可是五毛钱真的不能卖给你。老人解释说，那样我会赔五分钱。

突然有些感动。他低下头，翻着那厚厚的一沓纸。那些字很笨拙，却认真和工整，像幼儿园里孩子们的作品。

能看懂吗？老人不好意思地笑，我可一天书也没念。不识字。一个字，也不认识……

泪水毫无征兆地汹涌而出。他盯着老人，老人像他的母亲。他咬紧嘴唇，可是他分明听见自己说，妈……

每一朵花苞都会开放

生活总是喜欢和毫无准备的人开玩笑。在她大学毕业的那年夏天，母亲突然瘫痪在床。

是一个清晨，她和几位同学小聚。她们尽情谈论着理想和友谊，服饰和爱情，金子般的阳光遍洒街角，一切美好得让人感动。突然她的邻居推门进来，对她说，你妈病倒了！她愣了愣，随即站起来，慌慌张张往外跑。母亲是她在世上唯一的亲人，母亲慈祥善良，体弱多病。一阵风从街角刮过，阳光似乎瞬间冷却。她有一种不祥的预感。

一个月以后，她用轮椅把母亲推出医院。母亲已经动弹不得，她看着年轻的女儿，眼睛里盈满深深的无奈和自责。她把母亲推回家，扶母亲躺下，然后为母亲熬粥，给母亲洗澡或者擦拭身子。她根本没有意识到生活将这样延续下去，一成不变，似乎永无尽头。

最初一段日子，不断有同学来访。他们为母亲带来水果和营养品，为她带来有关招聘求职的各类信息。那时她是那样年轻，她的专业又是那样抢手，似乎生活中处处都是机会，只要她愿意，明天就可以穿起灰色套裙，在明亮宽敞的写字楼里忙碌。每到这时她就会微笑。她对同学们说她得陪伴母亲，照顾母亲，至于工作的事情，以后再说。——母女俩靠一笔退休金生活，她们生活得很苦。好在母亲的病情有了好转的迹象。她甚至可以和她说几句话，甚至可以一个人按时吃药。母亲给了她莫大的安慰，她想不管生活给了她多少苦难，也绝不能够放弃病中的母亲。

不知不觉中，她和母亲一起度过了六年光阴。

每个黄昏她都推着母亲出来散步，落日余晖中，她站在母亲身后，双手坚定地扶着轮椅。从街角花园可以看到大街上行色匆匆的红男绿女，他们衣着光鲜，表情幸福。她羡慕他们。她知道他们有着自己不敢奢望的自由。如果不是因为母亲，现在，她也该和他们走在一起，去咖啡店喝咖啡，去酒吧喝酒，去海滩看落日，去商场选购自己喜欢的衣裙……或许，她已经拥有属于自己的幸福家庭了吧？当然她并不记恨自己的母亲，更不会认为母亲是她的负累和羁绊。她认为自己必须如此，甚至，现在，从某种程度上讲，她已经成为母亲的母亲。她必须照顾好母亲，就像母亲当年照顾年幼的自己。她认为这就是生活，似乎无法选择和更改。

可是那一天，突然，她想走出去，想工作。特别想。她说服和欺骗不了自己。

她从洗手间的镜子里细细地打量自己。她仍然年轻。可是比起六年以前，她知道，她已经老去很多。也仍然漂亮，只是因为常常抱母亲上下轮椅，她的胳膊变得更粗，肩膀变得更宽，早没了娇小的样子。后来她发现一根白发，它藏在一头黑发中，却是那样醒目和伤感。她终于忍不住，伏在洗漱台上低低抽泣。她停不下来，声音越来越大。六年来的苦楚一齐涌上心头，她有一种号啕大哭的冲动。

母亲在这时出现在身后。

母亲坐在轮椅上，静静地看着她。母亲令她惊讶不已——就在几分钟以前，她亲自将母亲抱上了床。母亲为她擦干眼泪，淡淡地说，六年来，我一直试图一个人挪上轮椅。现在，我终于做到了。

母亲鼓励她出去找工作。可是她怎么能把母亲一个人留在家里呢？母亲安慰她说我没事。我已经耽误了你六年时间，现在，你应该走出去了。她说可是……母亲说听我的，我能够一个人挪上轮椅，至少说明我已经可以照顾自己了。既然如此，你真的没有必要每时每刻闷在家里……何况你只是出去工作……又不是嫁人。说得她红了脸，又破涕为笑，拥紧母亲的肩。

她考虑了好几天，终于下决心出去求职。前提是她必须继续待在这座城市——这样晚上回来，她仍然可以照顾自己的母亲。

那天回家时，母亲坐在客厅里等她。母亲的身边放一盆花，粉色的花苞，似乎随时可能开放。花是母亲打电话从花店买的，不值钱，却是生命力旺盛的草花。母亲说你就要迎来新的环境了，我也想装扮一下我们的客厅。她说今天我失败了……面试中我被淘汰。母亲说我知道……看你的眼神，我就知道了……可是这有什么呢？在学校里，你的功课和人缘都是那样棒……下次你肯定会成功……连我这样的年龄和身体都可以一个人挪上轮椅，这世上还有什么做不到的呢？母亲指了指那一盆花，相信我，每一朵花苞都会开放。

她记住母亲的话，每天奔波于城市，去不同的公司应聘。可是每一次，她都被淘汰。虽然六年里她一直没有放弃自己的学业，甚至自修了大学里没有学过的课程，可是这城市毕竟改变了很多，她的专业已经不再稀缺。更重要的是，她不想跟任何人提起自己的故事。她想隐瞒自己的辛酸，她怕别人误认为这是她编造的谎言，或者是借以打动别人的筹码。在不能回避的时候，她总是轻描淡写。她说六年里她在别的城市，做的也是与专业毫不相干的工作。对方于是摇头，表示惋惜。他们需要的是工作经历——尽管大多数时候，这毫无用处。

那盆花已经完全绽放。它红得耀眼，红得骄傲，它并不介意自己的渺小和卑微。母亲每天都在客厅等她回来，然后陪她吃饭和聊天。母亲几乎与她聊所有的话题，唯独不谈她找工作的事情。有时她会主动跟母亲提及，母亲就说，不怕，年轻就是本钱。她说可是似乎没有哪个公司肯要我了。母亲就指指那盆花。

母亲说相信我，每一朵花苞都会开放。

花苞越来越少，它们绽放成绚烂的花朵。她的工作依然没有着落，每一个清晨，她强打精神敲开一家公司的门，黄昏时回家，却是身心俱惫。一生中最重要的六年时光在母亲的床头度过，她想，也许她应该降低要求，随便走进一家成衣厂，在车间里守一台缝纫机，彻底扔掉她的专业和目标。她把想法说给母亲听，母亲想了很久，抬头问她，那样的话，你甘心吗？

她当然不甘心。她并不认为做一名女工有多卑微，她只是不甘心。再说她是那样喜欢自己的专业，假如走一条完全不同的路，那么也许，这一生，她都不会快乐。

那盆花已经谢尽，她的工作依旧没有着落。那天她盯着它细细地看，突然在绿叶间发现一朵新的花苞。它是那样小，挤在一堆绿叶中，挤在角落里。那时已是秋季，天气开始转冷。那花苞似乎正在瑟瑟发抖。它似乎永远不可能开放。

她认为，或许，自己就是这样一朵错过季节的花苞。当冬天来临，它只能无奈地死去。——它永远不可能绚烂。

母亲说傻孩子，你见过不敢开放的花苞吗？相信我，明天再试一次。

第二天，她仍然没有成功。

她几乎崩溃，她要放弃。她不想继续折磨自己，她只想尽快找到一份工作，干什么都行，多少钱都行。那夜母亲跟她长谈了一次，母亲向她询问有关求职的细节，然后说，你犯了一个错误。你应该和他们说实话，你应该说，这六年来，你一直在照顾自己的母亲。这不是在别人面前展示你的辛酸和艰难，更不是靠此来博得别人的同情。你得让他们知道，你是一位伟大的女儿……既然你可以照顾好自己的母亲，那么，你完全可以做好世界上所有的事情……并且，诚实是一种美德。说着，母亲低下头来，悄悄抹泪。

那夜她听到母亲的梦呓。母亲说，都是妈拖累了你……

她知道母亲并不坚强。或者说，母亲并不如想象中和看起来那样坚强。夜里她下定决心，为了母亲，明天再试一次。可是万一她仍然失败呢？她不知道自己还有没有坚持下去的信心。

出门前看一眼客厅里的草花。那朵花苞，仍然没有开放的样子。

出乎意料的是，她竟然成功了！永远记得那个下午，她坐在椅子上，忐忑不安。对面那位表情严肃的男人问她，您说的都是真的吗？她点头，竟有一种久违的轻松。男人站起来，握握她的手。男人说，明天您就可以来上班。

男人是公司经理。后来他告诉她，是她的故事打动了他。其实学历、勤奋、天才、工作经验，这些都并不重要，重要的是善良，是爱心，是对枯燥和艰辛的忍受力。为了照顾您的母亲，您可以牺牲六年的时间，这样的员工，我还有不选择的理由吗？

她在街上给母亲打电话。她要把这个消息告诉母亲。她一刻都不想耽误。母亲在那边说，我知道了。她问您怎么知道的呢？听我的语气吗？母亲说不是。因为那朵花苞，在下午，真的开了。

那朵花苞真的开了。早晨它还是一个花苞，下午它就变成一朵骄傲的花儿。冬天即将到来，或许，所有姗姗来迟的花苞，都会赶在冬天来临前开放。并且，因为独存，所以更显珍贵美丽。

两年后她问母亲，假如那朵花苞终未开放，您还会相信您的女儿吗？

母亲说我当然相信。我永远相信自己的女儿是最善良最出色的。并且，你也该相信，即使这世上有错过季节的花苞，也绝不会有错过绽放的花苞。它们在此之前所受的种种磨难，都会为它的绽放，涂染上最灿烂最美丽的颜色。

——所以，只要这世上还有忍耐，还有信心，还有爱与善良，我们都该相信，每一朵花苞，都会绚丽开放，光彩照人。

第四辑

谁为你长夜不眠

善意

多年前一个秋天，我怀揣一张地图和二十块钱，来到一个陌生的城市。城市很大，很繁华，令我兴奋并且恐惧。我知道这个城市里有十二家服装厂，我的目标是在其中一家谋得一个服装设计的职位。

当然，这并不容易。

去第一家就碰了壁。跟门卫商量很久，他才放我进去。我找到人事科，告诉科长我想在这里找一份工作。科长说您会熨衣服吗？我说什么熨衣服？科长说就是整烫工啊。用熨斗把布料和衣服熨平了就行。我急忙说您可能误会我的意思了，我是想问问这里需不需要设计人员？科长说那倒不需要，这里只需要整烫工。您会熨衣服吗？我说我不会熨衣服，我也根本不想熨衣服，我到这里来，只想做设计。科长就冲我摊开手。他说那就没办法了。现在全世界都不需要设计，只需要整烫工。

那天晚上，我就睡在大街上。二十块钱已经花掉五块，剩下的十五块钱，必须一直坚持到找到工作。

即使半夜里我被冻醒，即使我缩在站牌下瑟瑟发抖，我对自己的前景，仍然感到乐观。为什么不乐观呢？我知道自己的实力，我还知道，这座城市里，还有十一家这样的服装厂。应该有一家会接受我吧？

可是很快我就发现事情并不像我想象的那样简单。第二天我去了另一家服装厂，遭遇几乎是头一天的翻版。当我说明来意，迎来的是劈头盖脸的一句：您会熨衣服吗？我跟他们解释清楚后，他们就会挥挥手说，设计不用。如果要做整烫工，随时欢迎。

我并不是自大到认为自己不屑做一名整烫工，我只是觉得，整烫工人人可做，但设计毕竟是凤毛麟角。假如我真的在车间里做一名操着电熨斗的整烫工，那么，我十几年来的努力全将白费。一切都要从头再来，我想我不能够面对。

可是，第三天，第四天，往后好多天，当我一个工厂一个工厂地毛遂自荐，得到的回答全都是“您会熨衣服吗？”如果我可以接受整烫工，那么，当天就可以上班；如果非设计不做，那么，对不起，本厂不需要。

已经好多天没洗澡了，我想我身上肯定散发着臭味。白天我一家家服装厂碰运气，到晚上，就在大街上随便找一个地方睡上一觉。记得那时我穿着西装，那是我唯一的一件像样的衣服，我决不允许它落上灰尘或者压上褶皱。睡觉前我会把西装脱下来，小心翼翼地盖在身上。晚上很冷，有时我会在那件西装上盖一张报纸。尽管这样做毫无用处，可是毕竟，看起来会暖和一些。记得有一天晚上下雨了，可是疲惫至极的我却浑然不觉。等终于醒来，那张报纸已经被彻底打湿，黑黑的纸屑沾满了西装。我慢慢地向下搓着那些纸屑，一边搓一边流泪。

那十五块钱，我花了很多天。所有的钱都变成了馒头，我精打细算，一天啃掉一个或者两个。终于，那天晚上，我的口袋里再无分文。其实昨天口袋里就已经空了，最后一个馒头，被我中午的时候啃掉。而这时，十二家服装厂，我已经试过了十一家。

似乎一切都山穷水尽。根本没有人给我动画笔的机会，我却将随身携带的几幅作品全部留在了那些服装厂的办公室。那天晚上我躺在冰冷的石凳上心灰意冷地想，放弃算了，何苦受这份罪？可是当第二天太阳升起，我想，还是去最后一家试试吧。

照例是和门卫磨了很长时间，他才肯放我进去。人事科里坐着一位女孩，正打着电话。见我去了，示意我先坐到旁边的椅子上等一会儿。似乎过了很久，她才打完电话。她问我您有事吗？我说我想问一下，咱们厂需不需要服装设计？声音很小，连我自己都能感觉出话说得很没有底气。女孩低下头想想，说，您能现在创作两张作品让我看看吗？一张素描，一张时装效果图。

我欣喜若狂。我手忙脚乱地从画夹里取出画纸，又手忙脚乱地从手提包里取出炭笔。我画得很投入。我像一位即将淹死的落水者突然抓到一根稻草。一张素描用去我两个多小时，正当我打算继续画时装效果图的时候，从厂区传来了铃声。我说要不我先走，下午再来接着画吧？女孩说不，您继续画。

她为我打来了午饭，用一个简易的铝质饭盒。她说不好意思您今天中午得在这里对付一下……我先出去有点事，一会儿您画得差不多了，我再回来。女孩刚走出去，我就狼吞虎咽地把那个饭盒里的米饭往嘴里扒。——因为我要再画一张服装效果图，所以得留在这间办公室里吃午饭。这是女孩为我找到的借口，这借口让我心安。

我把完成的服装效果图递给女孩。女孩拿起来看了很久，然后对我说，您画得很好，很见功力。当个设计，绰绰有余。刚暗自庆幸，女孩又接着说，可是我们现在并不需要设计人员，不过也许以后会需要。如果您愿意的话，可以在我们厂里先做些别的。您会熨衣服吗？

那一刻，我想放声大哭。最后的希望霎时破灭，女孩带着我转了一个圈子，到最后，仍然回到“熨衣服”上来。我想那个人说的没错，现在全世界都不需要服装设计，只需要整烫工。

那天我想了很久，然后冲女孩点了点头。我说我愿意。当然我的话是违心的，我并不愿意。可是我没有办法。我得活着。我得吃饭。我需要洗一个哪怕是凉水澡。我需要一份暂时的工作。最后我对自己说，等我赚够了两个月的工资，就会辞职，去另一个城市继续追寻自己的梦想。我相信自己不会做一辈子整烫工。

我对自己充满信心。

就这样，在那一天，我成了服装厂的一名整烫工。虽然生活暂时没有了问题，可是我很不快乐。当我听别人说这家工厂以后也根本不可能用到像我这样的服装设计的时候，我更是坚定了干一段时间就走的决心。

我在那家服装厂，做了一个半月。

那天女孩突然叫我去办公室。她的话让我不敢相信自己的耳朵。她说也许从明天开始，您就不必在车间里熨衣服了。有一家外商独资的服装厂正在招聘设计师，以您的水平，应该可以被录取。

问她，您怎么知道？她说，一个半月前我就有耳闻。不过只是一位朋友透露的内部消息，我并不能够确定，所以没敢告诉您。刚刚接到她的电话，消息属实。——咱们这里短期内虽然不需要设计，可是，如果您愿意的话，可以去那里试一试。

我当然愿意。可是女孩接下来的话，让我刚刚点燃的希望之火再一次熄灭。

她说，报名时要自带两幅自己的作品。报名时间是今天下午。

报名地点离这里很远。计算一下时间，我根本不可能在这么短的时间内画出两幅作品然后赶过去。并且，我扔掉画笔已经一个半月，当我突然拾起画笔，我还能够画出令我满意、令招聘单位满意的作品吗？

女孩仿佛看出了我的心思。她从抽屉里取出两张画，对我说，快去吧。别错过了机会。

当然，那是我的作品。一张素描，一张时装效果图。想不到一个半月前我所做的努力，现在终于派上了用场。

最终，我通过了报名，初试，复试，面试，顺利地当上一名独资企业的服装设计师。而这一切，与那个女孩暗中对我的帮助，当然分不开。

——她肯定看出了我的落魄。她甚至知道，假如我在万般无奈之下离开了这个城市，那么，本该属于我的那个机会，也许从此不会再来。她不露声色地为我打来了午饭，不动露色地为我保留了两幅画作，又不动声色地让我在这个城市里多逗留一个半月，她所做的一切，全是那样得体。她是一位善良并且聪明的女孩。她帮我度过一段异常艰难的时光。我永远感激她。

有时候我想，帮助一个人渡过难关，其实并不太难。难的是你能不露声色地帮助他人，并且不会令对方产生丝毫羞愧和难堪。

暖冬

小的时候，是那么疯。数九寒天的，跑到村东小河，砸开一块冰，人蹿上去，兴奋地尖叫。拿一根细竹竿撑着河床，那冰就行驶开来，成一条冰船，满载着童年的快乐。

照例是午后。照例，他是唯一的舵手，把一根竹竿挥得虎虎生风。却突然，脚下传来断裂的咔咔声。低头看，那冰已经破裂，在他的两腿之间，裂开一条半尺宽的口子。一块冰分离成两块，慢慢飘向相反的方向。他急了，怪叫一声，扔开竹竿。人却掉进河里。冰水像无数把刀子，扎得他浑身刺痛和麻木。

好在河水不深，仅没到胸。他颤着牙关爬出来，缩成一团，高呼救命。恰好有村里老人经过，把他放上独轮车，送回了家。

他被母亲大骂一通。甚至，屁股上，落了母亲恶狠狠的笤帚。母亲说那河那么深，你不知道？母亲说怎么不淹死你？母亲说棉袄棉裤都湿了，晒不干，你明天穿着炕席上学？他缩在炕头的棉被里，说，我明天不上学了。母亲说你敢？辛辛苦苦供你读书，你不去上学？你敢？

母亲把他的湿衣裤拿到院子里晒。冬天的阳光，象征性地洒在上面。那些衣服，很快冻成冰棍。母亲坐在炕沿，看着他，愁眉不展。

那些年月，家里不可能有多余的棉衣棉裤。是啊，明天，冰天雪地的，他怎么上学？

他一直把自己包在棉被里，看母亲愤怒并苦难的脸。他小心翼翼地吃饭，小心翼翼地和母亲说话，小心翼翼地写作业和睡觉。他知道自己闯了大祸。他知道自己得一直待在炕头，直等到他的棉袄棉裤，彻底干燥。

夜里他醒来。他看到微黄的光圈和一抹年轻的剪影。那是母亲和她的油灯。

早晨他被母亲推醒。母亲说快起床上学，要迟到了。他惊奇地发现，母亲竟给捧来新的棉袄棉裤。干燥的棉袄棉裤，穿在身上，暖和并贴身。每一个扣子都亮闪闪的，像从夜空摘下的星星。他背着书包上学，走到院子里，突然回头。母亲正在玻璃窗后看他。那目光是从冬的缝隙抽出的春的阳光，随着他，静静地织，成为一条温暖的路。

那天他突然长大了。他不再爬墙上房，不再去冰河划船。那一天，母亲年轻的容颜，永远并深刻地烙进他的记忆。

那年冬天特别冷。但他一直认为，那是他今生，最温暖的一个冬天。因为他有两件棉衣，以及母亲用目光，织成的路。

可是那个冬天，母亲却落下一生的病根。是类风湿。那天，她用了整整一夜，将自己的棉袄棉裤，认真地改小，套上他身。

然后，整整一个冬天，母亲没有自己的棉衣。

陪你五分钟

五分钟能干什么事情？烧一壶开水，喝一杯咖啡，打一个电话，或者坐累了，站起来，活动几下筋骨，伸一个懒腰。五分钟太过短暂，很多时候我们认为，五分钟根本算不上时间。——因为生命如此漫长，——因为生活太过闲散，或者太过急迫。

五分钟是他陪父亲的时间。也许五分钟，也许，还不足五分钟。五分钟是他听父亲说的，可怜的父亲将时间延长，又将他美化。

父亲年事已高，常常忘事。睡觉前他会忘记关上窗户，忘记脱掉袜子，或者忘记关灯。甚至，有一次，临睡前的父亲突然想喝茶，他去厨房点燃燃气灶，才想起来水壶忘在卧室。他返回卧室，却又忘记了该干些什么。父亲就这样睡去，让燃气灶着了一夜。这是一个危险的信号，他认为自己有必要在临睡前检查一遍父亲的卧室。

检查。就像部队里的班长检查刚入伍的士兵，就像学校里的老师检查新入校的学生，他认为这跟“陪伴”相距甚远。他去到父亲卧室，不过想看看他是否关上窗户，是否关掉开关，是否将一杯开水放在床头。非常短的时间里，他坐在床头，与父亲闲聊几句，或者，为父亲再加上一条毛毯。然后，他替父亲关好房门，去客厅小坐片刻，或者去厨房看一下，就该睡觉了。他睡得很沉。他很累，很忙。也许五分钟对他来说，已经太过奢侈。

他真的很忙。大多数时间里，他不在家里吃饭。一天里可以与父亲打上几个照面，但他们的交流直接并且简单。——醒了？醒了。——饿吗？不饿。——药吃了吗？吃了。——去上班？嗯。——又去上班？嗯。——还去上班？嗯。那也许是世界上最简短的交流，他与父亲都不是那种健谈和善于表达的人。

可是那一天，当他下班回来，他见到正在小区凉亭和一个老哥们喝茶聊天的父亲。父亲端着一杯茶，对他的老哥们说，我儿子每天至少陪我五分钟！

语气和表情里，都充满了令他心酸的自豪。

那一刻他忆起童年。童年时，当他参加了学校的运动会，当他学会了弹琴，当他考到了好成绩，甚至，当他玩了一整天衣服却还干干净净，父亲都是这样的语气和表情。父亲喜欢在别人面前夸他，那是父亲最大的快乐。

童年时，他喜欢父亲陪着他。他喜欢钓鱼，父亲陪着他；他喜欢滑冰，父亲陪着他；他喜欢捉蚂蚱，父亲陪着他；他喜欢躺在床上盯着天花板发呆，父亲陪着他。那时候，一天里，父亲会陪伴他多长时间？五个小时？十个小时？二十四个小时？似乎，整个童年，父亲无时不在。

而现在，当父亲老去，当老去的父亲如同童年时的他一样需要人陪、需要人照顾，父亲不过希望他每天陪自己五分钟——仅仅五分钟，可怜的父亲便心满意足，便有了足以令自己自豪的资本。然而，哪怕仅有五分钟，他也不能够满足父亲。五分钟里，他东张西望，心不在焉。

他上前，跟父亲说，回家吧！他想拥抱父亲，终是没有。

可是那天，他是牵着父亲的手回家的。就像童年时，父亲牵着他。

乞丐的骨气

每天我从小巷经过，都会看到那个乞丐。她跪在巷口乞讨，口中念念有词。她六十多岁吧？一张脸似一枚多皱的核桃。她穿着肮脏破烂的衣服，肩膀上缩一颗满是白发的脑袋。她是母亲般的年龄，却要靠乞讨生活。

我坚信她不是装出来的。她的目光透出深深的无奈和悲伤。每天从她身边走过，我都会给她一点点钱。有时一块，有时两块，有时五角。钱扔进她面前的搪瓷缸里，如果是硬币，会发出叮当一声脆响。搪瓷缸里躺着一些纸钞和硬币，代表着某一种人人皆知的虚假。她从不看我扔进去的钱，只顾继续点头，口中含混不清地念叨。

有那么一次，正经过时，她突然抬头，然后问我能不能帮她买一瓶水。那是她头一次跟我说话，也是我头一次听清楚她的话。我去不远处的商店为她买回两瓶矿泉水，她一口气喝掉一瓶。正是炎热的正午，小巷里很是阒静，喝完水的她有了些精神，给我讲起她的往事。

往事当然悲惨。老家受灾，老伴去世，儿子意外，身体不便，等等。尽管故事老套，仍然听得我潸然泪下。

——似乎，面前的老人，只能靠乞讨才能生活下去。

突然有一位路人经过，老人急忙将头低下，嘴里再一次念念有词。路人盯了老人很久，掏出十块钱，想放下，又有些犹豫。我知道他怕上当。城市里有太多假装成乞丐的骗子。

老人向他讲述自己的故事，声情并茂，泣不成声。令我惊讶的是，她的故事竟有了变化。当然框架还在，情节还在，只是这次她变得更加可怜。比如她把自己的年龄增加了八岁，把租住的简陋平房变成了露天的公园，等等。路人听她讲完，长叹一口气，十块钱扔进搪瓷缸。我听他小声说，就受不了这样的故事……哪怕是编的。

他走后我问老人，到底哪一个故事是真的？

老人说前一个……我知道你的意思……可是城市里到处都是乞丐，每一个乞丐都有一个类似的故事。如果不说得凄惨些，怎么能够讨到钱呢？

一时语塞。对面前的老人，不知该施以同情和怜悯，还是该报以不齿和愤怒。

几年前一位朋友从欧洲回来，为我讲述他在欧洲见到的乞丐。朋友说那乞丐坐在地下通道，面前是一顶洗得干干净净的帽子。他理直气壮地向路人要钱，到手后说一声谢谢。问他为什么乞讨，他说，我是老兵。再问，却拒绝回答。他说那是他的隐私，谁也无权过问。

不仅是他，那个城市的大多数乞丐都是如此。并且，他从未见过一位跪着乞讨的乞丐。尽管在那里，跪下，并不能够代表更多的内容。

到晚上，一些乞丐会走进附近的酒吧，要一杯酒，摊开一张当天的报纸，慢慢消磨他们的幸福时光。这时他就不再是乞丐，而变成一名顾客，遇到曾经帮助过他的人，他甚至会邀请他们过来喝上一杯……

朋友感叹说，在那里，乞丐是不需要你的同情的。他们认为那是一种职业，与工人、与农民、与商人、与白领一样的职业，而并非真的无路可走。他们心安理得地要钱，然后理直气壮地消费，他们或许承认自己的懒惰，却极少有人编造或者夸大自己的经历。与国内乞丐的最大不同之处在于，他们会穿上最好的衣服上街乞讨；而在国内，很多乞丐则是选择最脏、最烂的衣服。

换句话说，他们乞讨的成功率，靠的是别人的承认；而中国的乞丐，则多是依靠施舍者的同情。

朋友在国外待的时间并不太长，结论难免偏颇或者武断，可是他的话让我常常思考这样一个问题：到底什么样的人，才可以称之为乞丐？

是衣服的破烂和肮脏吗？我想不是。很多贫困山区的农人，他们的穿着远不如城市里的乞丐，可是他们正在辛勤地劳作，他们并不卑微。

是财产的一无所有吗？我想也不是。很多公司的总资产为负数，城市里太多人依靠贷款购买了车子和房子，他们欠银行欠亲朋一大笔钱，他们比乞丐还穷。

是一种讨要的方式吗？似乎也不全对。生活中我们常常向别人讨要自己急切得到的东西，比如单位或者组织，比如父母或者亲朋，可是从没有人把自己当成乞丐。

后来我想，可能是一种讨要的态度吧？

把讨要当成一种职业，就成为乞丐。当乞丐需要勇气，不过我还认为，当乞丐更需要一种骨气。乞讨就是乞讨，既然选择了——或主动，或被逼无奈——都用不着太多虚假和伪装，你帮助我了，跟你说声谢谢，到此为止。施舍者无权过问太多，被施舍者更没有必要主动讲述自己的往事。那些故事并不美好，每暴露一次，都会鲜血淋漓。

乞丐也许不能够做到高傲，但乞丐起码应该做到诚实。

乞丐乞讨的成功率，在于让他们的生活态度得到别人的承认，而不是努力博得别人的同情。

当然，无论如何，也不要随便给陌生人跪下。那是做人的底线，乞丐也是如此。

一条短信的延伸

//

有一年夏天的一个傍晚，我正吃着晚饭，忽然接到一个陌生号码的短信。说是有一位正读大学的女孩身患重症，但她坚信如果有了999位陌生人的祝福，就可以战胜病魔。如果方便的话，能否发个祝福过去，云云。短信的最后，留有另一个陌生的手机号码。

对于这类短信，通常我是不会理睬的。据说这是一些皮包公司的惯用伎俩，他们经常会编造出一个个凄惨的故事，然后让你发个短信过去。最终的目的，就是让你上当，然后骗取你的短信费。

第二天出差，在火车上备感无聊，于是掏出手机，想玩一会儿游戏，不经意又看到那条短信。重读一遍后，我想干脆发一条过去吧，万一那边真的有一位身患重症的花季女孩，万一那位女孩真的需要一位陌生人的祝福，那么，就这样置之不理的话，好像有些太过冷漠和残忍；再说，就算这是某个皮包公司的骗局，对于我来说，也不过是损失了一毛钱而已。

尽管不相信几个祝福真的能够挽救一条生命，但最终，我还是写了几句祝福的话并发了过去。想不到仅过了一会儿，对方就回复了，只有两个字：谢谢。

后来，因为种种原因，我更换了手机卡；再后来，随着时间的推移，也就把这件事慢慢地淡忘了。

很久以后的春末，同样是在一个傍晚，我接到一个电话。电话是一位男孩打来的，在确定了我的身份后，一个劲地向我道谢。我说谢什么，他说："那个短信。"

他告诉我，他是那位女孩的哥哥，通过本市日报社的一位好心的编辑，得知了我的手机号码，然后给我发了那样一条短信。他说他这么做的目的，只是想让我为他身患重症的妹妹送去一个祝福。他说，他的妹妹坚信，只要拥有了999位陌生人的祝福，便能够重获健康。

"可是你怎么知道我现在的手机号码？"我问。

"还是那位好心的编辑告诉我的。费了很大的劲儿。"最后，他坚持要请我吃饭。

男孩的年龄不大，像是刚刚大学毕业的样子，坐在我的对面，有些不安和拘谨。为缓和一下气氛，我开始没话找话。我问他最终凑够999位陌生人的祝福短信了吗？他说是的，比想象的容易些。我说这些发过短信的人，你现在都能够找到吗？他说有些换了号码的，就很难找到了——你是个例外。我说难道你要一一请他们吃饭并当面致谢？他说是的，只要能够找到。不过一个月只能请三四位，我的工资有限。

轻描淡写的表情。

看得出他非常爱自己的妹妹。我想那个女孩子能有这样一位哥哥，一生都应该是幸福的。

菜上齐了，男孩开始拼命喝酒，表情有些哀伤。突然我发现自己一直忽略了一件事：既然我的祝福帮助了他的妹妹，那么，他妹妹为什么没有来？我小心翼翼地问："你妹妹，现在读大几？"男孩喝了一口酒说："妹妹去了。去年秋天去的。其实999位陌生人的祝福，并没有让她重获健康。可是，我仍然要当面一一感谢你们。"他再一次给我深深地鞠了一躬，然后又喝了一口酒。

我唏嘘不已。女孩终究还是走了，那么我们的这些祝福，对她来说，岂不是没有任何用处？

"这些短信，曾给她无限的快乐和希望。她都会一条一条地翻读，然后一条一条地回复。"男孩说，"所以，尽管这些祝福没有能够将她留住，但她在离去的时候，一直面带微笑，没有任何痛苦。"

请弯下腰

地下通道的出口，男人席地而坐。胡琴端立腿上，持弓的手轻抖，曲子就飘起来了。虽不十分悦耳，可是轻快欢愉，钢琴曲或者小提琴曲，全用了《万马奔腾》的节奏。男人胡须浓密，长发披肩，表情认真投入。他的左前方，摆着一个细颈青花瓷瓶。瓷瓶古香古韵，朋友说那瓷瓶价值不菲。可是他明明在街头卖艺，一柄胡琴，抖得微尘飞扬。

他像一位艺术家，人声鼎沸的大街，是他表演的舞台。

和朋友经过时，每人给了他十块钱。男人陶醉于自己的演奏之中，并不理睬我们。十块钱落到瓶口，停住，如同落上去的一只蝴蝶。蝴蝶静立片刻，偏了身子，降落在花瓶旁边。我愣了愣，想捡起来，却终于没动。朋友这时从我身边挤上前去，深弯下腰，拣起钱，连同手里的十块钱，一起恭恭敬敬地塞进花瓶。然后他冲男人笑笑，拉了我离开——自始至终，男人没有看我们一眼。

朋友的举动，令我羞愧难安。

我给了男人十块钱。这十块钱绝不是施舍。因为他在演奏。他在演奏，我听了，感觉不错，付钱，天经地义。当然不付钱也天经地义，事实上从他身边经过的大多数人都没有付钱。——付不付钱都没有关系，但是，问题是，我付给他十块钱，那么，我应该弯下我的腰。

我应该弯下腰，让钞票落进花瓶而不是落到地上。虽然那一刻男人并没有看我，但我知道，他肯定感觉得到我的态度。一张钞票落进花瓶，对他的演奏，对他的行为，对他的生活，对他的选择，是一种承认，更是一种尊重；可是钱落到地上，那么很显然，我的行为就变成了趾高气扬的施舍，那十块钱，也就成为嗟来之食。可是对于他和他的行为，我有施舍的资格吗？

我们为父母弯腰，为爱人弯腰，因为他们是我们的至亲；我们为朋友弯腰，为同事弯腰，因为他们是我们的熟人；我们为领导弯腰，为客户弯腰，因为他们管着我们的钱包，决定着我们的前途；我们甚至为一只宠物弯腰，一条狗，一只猫，或者一只画眉鸟，只因为，它们能够给我们带来片刻的快乐……

可是街头那些乞丐，那些卖艺者，那些衣食无着者，我们何曾为他们弯过腰？他们或许从事着我们所不屑、所不齿的职业，可是他们，明明是和我们一样的人啊！他们理应有着与我们同等的地位，也理应有着与我们同等的尊严。

你可以不给他们一分钱，你可以目不斜视地从旁边走过，心安理得或者趾高气扬，带着无限的优越感和满足感。但是，假如，哪一天，哪一次，哪一条街，哪一个闪念，你想过付给他们钱，十块钱、五块钱，甚至仅仅一枚硬币，那么，请你务必，深弯下你的腰。

弯下你的腰，对于对方，是一种尊重；对于你的品质，又何尝不是？

如果你足够优秀

多年前一个夏天，我选择了报考美术师专。复试在县城的美专进行，因为全校只有我一个人通过初试，所以复试是没有老师陪同的。参加复试的头一天，父亲问我，需要我陪你去吗？我说，不用了。父亲说那你一个人去好了。反正我去了，也帮不上你什么忙。于是第二天早晨，我一个人挤上通往县城的唯一一班公共汽车。

那是我第一次出远门。那年我十七岁。

下了汽车，按照父亲的嘱咐，我寻了一家旅店。我记得自己很紧张，结结巴巴地跟服务员要了房间。然后我找到了第二天要进行复试的考场。考场设在那个美术师专的一间教室，在那里，我第一次见到那么多的画夹画板，第一次见到真正的石膏模型。我兴奋得浑身战粟。能在这样的教室里画画，我愿意用所有的代价交换。已经来了很多考生，他们坐在教室里，在老师或者父母的指导和陪同下打着线条。没有多余的位子，我在那里待了一会儿，熟悉了一下环境，就离开了。

那天我彻夜未眠。躺在陌生的旅店，兴奋与紧张紧紧将我裹挟。我想明天将注定是我一生中的一个非常重要的日子。假如我发挥得好，就将实现画一辈子画的梦想；假如发挥得不好，那么，极有可能，我会和我的那些父辈一样，将自己的一生，消耗在地头田畔。当我第三次起床喝水，天已经亮了。

那天我发挥得糟糕透了。我想即使我发挥得再好也没有用，因为，在等待进考场的时间里，我听到一些考生的风言风语。他们说考试完全是一种形式，而最终的人选，其实早已内定。他们的话似乎是有道理的，因为我看到校门口的轿车排成一排，我看到很多可疑的人站在那里鬼鬼祟祟交头接耳。那是我第一次感觉到世界的可怕。那是我第一次感觉原来还有另一种力量可以操纵一件事情的结局，并轻易埋葬一个人的梦想。

考场上我告诉自己不要紧张，可是我做不到。我的手心里全都是汗。我不停地用着橡皮。——稍有素描常识的人都知道，过多用橡皮是素描中的大忌。总之那天我的发挥异常糟糕，我稀里糊涂地交了考卷，垂头丧气地回到家。

父亲在村口接我。他不停地给我讲这两天来村子里发生的事。他做了一桌子菜，打开一瓶酒。他第一次把我当成一个男人，他给我的酒杯里倒满了酒。那天我和父亲说了很多话，但唯独没有谈起考试的事。其实用不着问，父亲能从我的眼神里读到一切。

两个多月后，录取通知书仍然没有盼来，我知道，我考上美专的最后一丝希望彻底破灭。我终于跟父亲讲起那天的事，我告诉他被录取的人员可能内定得差不多了。为证明我的话是正确的，我给父亲举了很多例子。父亲听后，看了我很久。他说，我相信你说的那些都是真的。可是，如果你足够优秀，那么，他们就没有不录取你的道理。现在你被淘汰了，你怨不得别人。你被淘汰的理由只有一个——你还不够优秀。

我想父亲的话是正确的。美术考场的特点是，每个人的画作都是公开的，别人都可以轻易看到。假如我发挥正常，那么，或许我还有被录取的可能；假如我技惊四座，那么，他们肯定会将我录取。可是那天我的发挥是如此糟糕——我看了很多考生的作品，他们画得都比我好。

有时候就是这样。这世上的确有龌龊、有阴暗，有我们想不到的复杂。我们不喜欢这一切，可是我们无法改变。然而我们可以改变自己。我们可以努力让自己变得非常优秀。你变得足够优秀，那么，你才有战胜这些龌龊和阴暗的可能。当你的才华光芒四射，任何龌龊和阴暗，都不能够将之遮挡。

当然，很有可能，你一辈子都不能足够优秀。可是你应该有让自己变得足够优秀的想法，并将这个想法，变成自己的行动。假如你只为“变得足够优秀”而活，那么，首先，你不会变得龌龊和阴暗；其次，你会快乐；第三，你极有可能真的变得足够优秀。

现在我所从事的，是与画画毫不相干的职业。可是多年来我一直相信父亲的话：只要你没有成功，只要你被别人击败，就证明你还不够优秀，这时所有的怨天怨地，都是悲观和毫无作用的。你必须让自己变得更加优秀。——这不是对龌龊和阴暗的妥协，这是另一种乐观的人生态度。

伤口

他坐在正午的阳光里，面前的细铁架上绑一只白晃晃的口琴。他的额头和脸颊上挂着亮晶晶的汗水，他微笑着，尽量把口琴吹出悦耳并且连贯的曲子。可是那曲子并不连贯，它断断续续，调子甚至跑出很远。他端坐着，脸上露出抱歉的表情，口琴声却并不停歇。旁边放一个红色的小塑料桶，偶尔有行人走上前来，往塑料桶里扔一张零钞或者一枚硬币。他并不看行人，更不理会那个塑料桶。他只顾吹他的口琴。可是他的脸上分明有了感激，对好心人，对一张零钞，或者一枚硬币。

和着曲子，他的脸上表情丰富。人们注意到他肘部以下的袖筒空空荡荡，那袖筒随着他身体的微小动作而轻轻摆动。

男人带儿子横穿了马路。他们站在不远处听他吹琴，男孩说那里有个人在“演奏”。男人说他是乞丐，他不过是在胡乱地吹口琴。男孩坚持说不。不，他在认真地演奏。

然后，男孩跟父亲要十块钱。

什么？男人吃了一惊。

五块钱也行。男孩让了一步。

你要给那个乞丐五块钱？

是，我想给他五块钱。男孩认真地说，我们听了他的演奏，我们应该付钱……他那么认真，他没有胳膊……

男人想了想，掏出五块钱递给男孩。男人拉着男孩的手，径直走到他的面前。恰逢一曲终了，他抬起头，舔一舔干燥的嘴唇，冲男人和男孩笑笑，然后将头深低下来，在肩膀上擦一擦汗水。男孩捏着五块钱，向前跨一步，试图将钱扔进他面前的红色塑料桶。

稍等。男人说。他将五元块钱重新握到手中。

男孩不解地看着自己的父亲。

我得看一看你的胳膊。男人对他说。

他再一次抬头，再一次看面前的男人。他的脸呈现出紫黑的颜色，分不清是因了阳光的照晒还是因了男人的话。他的嘴微张，嘴唇轻轻抖动，然而，他没有说话。

我得看一看你的胳膊。男人重复说，你知道，现在骗子太多……我不想让我和儿子再一次受到欺骗。我绝对没有别的意思，我只想证明你是乞丐……请你原谅我……

可是我不是乞丐。他说。

你不是乞丐？

我不是乞丐。我只是艺人——在大街上吹口琴的艺人。

男人不知是否应该把手里的五块钱扔进塑料桶。他迟疑着，愣怔不动。我还是想看一看你的胳膊，男人坚持说，我真的没有别的意思，我只是想证明一下……

他低下头，久久不语，然后，将嘴唇重新凑近口琴，吹起另一首曲子。他似乎完全沉浸到自己的曲子里，他对面前的父子二人视若不见。

男孩看着父亲。他感到不知所措。

最终男人还是将那五块钱扔进了塑料桶。他拉起男孩，转身，往回走。他们需要重新横穿马路。

身后的口琴声戛然而止。

稍等！他喊住父子二人。他努力低下头，用牙齿咬开胸前的两粒纽扣。一滴汗水恰在这时滑过额头，滴进他的眼睛。他用一种艰难并且笨拙的姿势脱下身上的T恤衫，男人和男孩同时看到他丑陋并且可怜的残肢——的确，他的两个肘部以下，空空如也。

男人和男孩，同时愣住。男人开始不安和尴尬。男人说，对不起。

他笑一笑，重新用笨拙并且艰难的姿势将T恤衫穿好。他再一次低下头，用牙齿系上胸前的两粒纽扣。他抬头看看男人，他对男人说，请收回您的钱。

什么？男人不敢相信自己的耳朵。

请收回您的钱。他重复一遍，我想您还是把我当成了乞丐——只有把一个人当成乞丐，才会在意他是否伤残……但事实上，我并不是乞丐，我只是艺人……我给您看我的胳膊，既非为了博取您的同情和怜悯，更不是为了得到您的五块钱……

他用光秃秃的肘部指指面前的小男孩，说，我把伤口展示出来，只是想让您的儿子相信，这世上，并非所有需要帮助的人都是骗子；这世上，至少还有诚实……

他埋下头，再也不肯说话。少顷，又一支曲子，在正午白晃晃的阳光里飘荡开来。

谁为你长夜不眠

朋友的生意，突然遭受到灭顶之灾。他试图挽救，反复多次，结果欠下更多的债。债主们几乎将公司的门槛踏平，心灰意冷的朋友，决定躲回乡下。

乡下是朋友的老家。那里有他七十多岁的老母亲。

躲在乡下的朋友，似一只不安且绝望的老鼠。他每天上午去村尾的河边发呆，下午和老家一个同样失意的朋友在客厅里喝酒。那就是真正的“喝酒”，两个人几乎不说一句话，只是往嘴里灌酒。偶尔说两句，也是鸡毛蒜皮，不着边际。晚上，他就把自己关在卧室里，继续喝酒或者蒙头大睡。他很少和自己的母亲说话。他发现母亲好像总是很困，他和朋友喝酒的时候，母亲总是在房间里睡觉。有时母亲在凳子上坐着，也会倚着墙睡过去。也难怪，母亲已经到了这样的年纪。

他不敢把生意赔钱的事告诉母亲。他不想老迈的母亲为他担忧。他只是对母亲说，累了，想回来休息几天。

朋友真的很累。他甚至想，或许自己会彻底放弃以前的事业，就这样躲在乡下，过一辈子。

朋友在老家住了两个月。正是冬天，老屋里潮湿阴冷。有时他坐在客厅抽烟，会发觉母亲在一旁静静地看他。他把目光迎上去，母亲就笑笑说，你没事吧，他说没事，母亲便不再说话。他发现，母亲眼里，露出一丝难以掩饰的焦虑和不安。

那天朋友又一次喝多了酒，晚上起夜，怕惊动隔壁房间的母亲，便蹑手蹑脚披了衣服，没有开灯。当他推开卧室的门，一下子便愣在那里。他发现，客厅的长凳上正坐着自己年迈的母亲，披一条毛毯，被苍白的月光照着，正瑟瑟发抖。

他开了灯，问母亲，您这是干吗呐？

母亲说，没事……睡不着，想些事情。

朋友告诉我，那天他一夜未眠。他感觉母亲肯定有事。

第二天，在朋友的追问下，母亲才极不情愿地告诉他，她想看着他，她怕他出事。

母亲说，你十八岁的时候，失恋了。那次你拿了刀子，狠命地划自己的手腕，记不记得？

朋友当然记得。的确，他曾经闹剧般地自杀过，为一个女孩。他一直把那次自杀事件当成自己年幼无知的冲动。

可是，事情已经过去了这么久……

母亲说，生活不顺心吧？你回来，我知道你肯定有事。……

欠别人钱了？……不怕，多大点事……

朋友告诉我，那一刻，他的眼泪夺眶而出。是啊，他有什么事能瞒过敏感的母亲呢？这世上又有谁，能像母亲一样了解他呢？其实，只需他的一声叹息，母亲便能够准确地猜到他的处境了。

而年迈的母亲怕他干出傻事，竟然在漫长的冬夜，在阴冷的客厅，偷偷守护了他两个月！两个月，母亲竟没有在任何一个夜里睡过一分钟的觉！

第二天，朋友离开了老家。临行前，他拥抱了自己七十多岁的老母亲。朋友告诉我，那是他第一次拥抱母亲。

现在，朋友的公司仍然不景气，债也仍然没有还完。但他告诉我，他每一天，都在努力。除了成功，他别无选择。

他告诉我，其实，出人头地、衣锦还乡、体现价值、实现理想，这些都是次要的。之所以拼命工作，之所以一定要成功，只因为，他想让自己的白发亲娘，在每一个夜里，都能睡一个好觉。

送你光明，留住光明

这些年，她一直在寻找那个男人。她伏在男人的后背，随着男人的动作荡来荡去，如同一个滑稽的早已死去的提线木偶。可是她还有感觉。她无数次回忆那种感觉，寻找那种感觉，可是记忆里，那个正午，全世界都是灼热的火焰。火焰为她和男人闪开一线，她听到男人的胸膛里挤出风箱般沉闷的喘息。

正午如同休憩的猫般安静。她斜倚床头，胡乱地翻一本杂志，阳光拐过窗台，轻轻滑过她的发际。阳光敦厚温暖，让她想起爷爷，又让她恹恹欲睡。她果真睡了过去，梦里走进梨园，在如雪的梨花里甩起水袖。她喜欢听戏，更喜欢花梨，小时候，在故乡，每逢春天，她都会静静地坐在一簇簇雪白的梨花之间，看扯成丝线的浮云缓缓从她头顶掠过。她更喜欢花梨木——紫棕的光泽，精致的纹理，温润的质地，淡雅的清香，不必太过雕琢，随随便便放在那里，便是一件美轮美奂的艺术品。她就有这样一尊稍加打磨的花梨木摆饰，爷爷送给她的，似岭非岭，似山非山。花梨木摆饰蹲守在她的床头，她和它都没有意识到，灾难即将降临。

她被一阵叫喊声惊醒，屋子里已是浓烟滚滚。她冲向阳台，她看到四散而逃的人们。她摸索着抱起花梨木摆饰，试图冲出屋子，可是她只跑出几步，便浑身瘫软，栽倒在地。意识一点点从她的体内溜走，一起溜走的，还有她的生命。

她被一个男人扶起，然后，她便伏上了男人的后背。整个过程没有一点声音，面前的男人，仿佛不声不响的神。思维一点点回归，男人的后背如烙铁般坚硬滚烫。然后她仰躺在小区的广场，她看到整栋大楼变成一朵扭曲的巨大的火焰。她想起她的花梨木摆饰，想起爷爷，想起童话般的梨园，她喊，我的花梨……男人得到命令，矫健的身影再一次冲向火海。她晕厥过去。

醒来，她躺在安静的病房里，身边，静候着她的花梨木摆饰。花梨被熏得乌黑，就像刚刚从池塘里挖出的藕。她伸出手指，轻轻一抹，她再一次看到紫棕色的沉稳并且绚丽的光泽。

那光泽让她流下眼泪。

她变得一贫如洗，可是她还有那件珍贵的花梨木摆饰。为了生活，她忍痛将花梨卖给一个古董商人，然后用那笔钱开始了艰难的创业。几乎每天夜里她都会梦到火焰，梦到男人，梦到如雪的梨园和慈祥的爷爷，梦到令她牵肠挂肚的花梨木摆饰。她经常去那个古董商人那里，看一看她的花梨，闻一闻她的花梨，摸一摸她的花梨，尽管她知道，那花梨早已不再属于她。终有一天，古董商人被她感动，说，待你有了钱，再买回去吧！按当时卖给我的价钱就行。

几乎每一天，她都在试图找到那个男人——男人给了她第二次生命，也给了花梨第二次生命。她甚至幻想某天会在大街上遇见他，她对他说声谢谢，他红了脸，搓着手，表情拘谨。可是那个正午，她甚至没有看清男人的脸。她认为，或许，她今生都不会有向男人表示感谢的机会。

可是突然她见到了男人。那天距男人将她救出火海，已经整整十年。

她缩在床头看电视，突然一惊，一怔，心狂跳不止。男人正在接受采访，声音浑厚，表情阳光。令她难以置信的是，男人的眼睛，没有一点光泽！男人说他是九年前彻底失明的，九年以来，他已经习惯了在黑暗中生活。他还谈到那次火灾，他说他经过那里，听到呼救声，就冲了上去。他说这么多年他一直未曾对任何人提及此事，包括他的朋友，他的孩子，他的父母，他的爱人。现在之所以要说，是因为，他庆幸自己在完全失明以前做过这样一件事情。他说其实，每个人都应该替别人做一点事情，在自己尚有能力做这件事情之前。事情或大或小，或倾其所有或举手之劳，都无关紧要。他说，重要的是，你去做了，并且你的行为，拯救了他人。说时，他轻描淡写，她却泪水涟涟。

之前她只见到过他的后背，听到过他的呼吸，可是她确信，正在电视上接受采访的男人，就是她一直在苦苦寻找的救命恩人。她给电视台打去电话，她终于有了当面向他致谢的机会。然而那天晚上，她突然改变了初衷——她还想把她的角膜捐献给他，让他重见光明。

或者说，她想让他，为自己留住光明。

想法是突然之间冒出来的，她想也许，这就是天意。几年来她一直与病魔做着抗争，现在，她终于万般无奈地向病魔缴械。她悲伤，恐惧，她不想死，可是生命留给她的时间，已经不足半年。她想为世间留下一点什么，她希望当她离去以后，“她”尤在——比如那件漂亮的花梨木摆饰，比如她的店铺，比如她的角膜……将角膜捐给她曾经的救命恩人，她认为，她可以了却一桩心事了。

他们相约在午后的咖啡馆。浓郁的阳光挂在邻座的窗子上，似乎随便一扯，便可以攥满一把。她看着阳光，再一次变得伤感，她说你救得我一时，却救不了我一世。她说这是我十年以来第一次见到你，也是一生里最后一次见到你。她说我已经变得非常虚弱，我还会越来越丑。她说你能为我留守一片光明，我在九泉之下，或许会稍稍心安。她说，祝你健康，好运。

可是我不能接受你的角膜。他抬起头，说，尽管我知道你，心存感恩。

她愕然。

对我来说，做完那件事情，就完了。他说，我冲进屋子救你，只是我的本能，或者，只是男人的本能；我再一次冲进屋子，只因你的眼神告诉我，留在屋子里的花梨木摆饰，对你非常重要。我根本来不及多想……或者，就算大火留给我深思熟虑的时间，我仍然无法拒绝……

那就请接受我的请求。她说，让我为你做点事情……

我不能。他看着她，说，你知道吗？在中国，因角膜伤病的失明者有200多万人，可是由于角膜缺乏，每年的角膜移植手术只有1000多例。你知道这200多万人中有多少孩子吗？有近三分之一。就是说，中国有70多万孩子因为缺少可供移植的角膜，日复一日地生活在无边的黑暗之中……他们还是孩子，黑暗让他们恐惧……

你的意思是……

如果你一定要感恩，请替我捐给孩子们吧。他说，我坚信那些从来没有见到过鲜花和阳光的孩子们，比我更需要光明。

他站起身，脸上阳光遍洒。他轻挽着妻子的手，慢慢走上大街。大街上人来人往，狗吐着舌头，猫眯着眼睛，鸽子悠闲地散步，孩子们的风筝爬得又高又飘。世间万般美好绚烂，让人不忍离开。她站在阳光里，伸开两臂，深吸一口气。空气里弥漫了梨花的香，梨木的香，男人的香。她突然想起一句话：赠人玫瑰，手留余香。

早晨时候，那件花梨木摆饰，又回到她的床头。当然她没有能力买回，可是那个古董商人说，他希望她能在最后的日子里，可以天天看到它，抚摸到它。这也算我对你的感恩吧！古董商人说，你知道吗？有那么一段日子，由于感情的挫折和生活的拮据，我有了些不好的想法。我的意思是，我试图买来一些赝品，然后当正品卖出去——直到我见到你，以及你的花梨。你卖得那样便宜，令我不敢相信。还有你的眼神，那样单纯，那样平静，似乎对这个世界毫无戒备。所以，后来，每当我看到这件花梨，就会想起你，想起你的眼神。我认为做人也应该有花梨的品质吧！真实，密实，厚实，朴实，为他人，散出淡淡的香。说你将我拯救，似乎有些夸张，可是毋庸置疑的是，你的确让我打消了在邪路上迈出第一步的念头。这件事情你当然不知道。你不知道，我也要感恩……

那件花梨木摆饰，真的陪她走过生命里最后的时光。每天她都会将花梨轻轻抚摸，她看到阳光，梨园，爷爷，浮云，火焰中的男人……她还看到一个漂亮的女孩在黄昏的花园里追逐着蜻蜓，女孩的眼睛，清澈明亮。她将光明带给了那个女孩，或者说，那个女孩，为她留住了光明。

所以，其实，所谓感恩，很多时，不仅是付出，更是所得，以及希望。

天使的晚宴

女佣住在主人家附近，一爿破旧平房中的一间。她是单身母亲，独自带一个四岁的男孩。每天她早早帮主人收拾完毕，然后返回自己的家。主人也曾留她住下，却总是被她拒绝。因为她是女佣，她非常自卑。

那天主人要请很多客人吃饭。客人们出身上流，个个光彩照人。主人对女佣说今天您能不能辛苦一点儿，晚一些回家。女佣说当然可以，不过我儿子见不到我，会害怕的。主人说那您把他也带过来吧……不好意思今天情况有些特殊。那时已是黄昏，客人们马上就到。女佣急匆匆回家，拉了自己的儿子往主人家赶。儿子问我们要去哪里？女佣说，带你参加一个晚宴。

四岁的儿子并不知道，自己的母亲是一位佣人。

女佣把儿子关进主人家的书房。她说你先待在这里，现在晚宴还没有开始。然后女佣进了厨房，做菜切水果煮咖啡，忙个不停。不断有客人按响门铃，主人或者女佣跑过去开门。有时女佣进书房看看，她的儿子正安静地坐在那里。儿子问晚宴什么时间开始？女佣说不急。你悄悄在这里待着，别出声。

可是不断有客人光临主人的书房。或许他们知道男孩是女佣的儿子，或许并不知道。他们亲切地拍拍男孩的头，然后自顾翻看着主人书架上的书，并对墙上的挂画赞不绝口。男孩始终安静地坐在一旁。他在急切地等待着晚宴的开始。

女佣有些不安。到处都是客人，她的儿子无处可藏。她不想让儿子破坏聚会的快乐气氛。更不想让年幼的儿子知道主人和佣人的区别，富有和贫穷的区别。后来她把儿子叫出书房，并将他关进主人的洗手间。主人的豪宅有两个洗手间，一个主人用，一个客人用。她看看儿子，指指洗手间里的马桶。这是单独给你准备的房间，她说，这是一个凳子。然后她再指指大理石的洗漱台，这是一张桌子。她从怀里掏出两根香肠，放进一个盘子里。这是属于你的，母亲说，现在晚宴开始了。

盘子是从主人的厨房里拿来的。香肠是她在回家的路上买的。她已经很久没有给自己的儿子买过香肠。女佣说这些时，努力抑制着泪水。没办法，主人的洗手间是房子里唯一安静的地方。

男孩在贫困中长大。他从没见过这么豪华的房子，更没有见过洗手间。他不认识抽水马桶，不认识漂亮的大理石洗漱台。他闻着洗涤液和香皂的淡淡香气，幸福得不能自拔。他坐在地上，将盘子放上马桶盖。他盯着盘子里的香肠和面包，为自己唱起快乐的歌。

晚宴开始的时候，主人突然想起女佣的儿子。他去厨房问女佣，女佣说她也不知道，也许是跑出去玩了吧。主人看女佣躲闪着目光，就在房子里静静地寻找。终于他顺着歌声找到了洗手间里的男孩。那时男孩正将一块香肠放进嘴里。他愣住了。他问你躲在这里干什么？男孩说我是来这里参加晚宴的，现在我正在吃晚餐。他问你知道这是什么地方吗？男孩说我当然知道，这是晚宴的主人单独为我准备的房间。他说是你妈妈这样告诉你的吧？男孩说是……其实不用妈妈说，我也知道。晚宴的主人一定会为我准备最好的房间。不过，男孩指了指盘子里的香肠，我希望能有个人陪我吃这些东西。

主人的鼻子有些发酸。用不着再问，他已经明白了眼前的一切。他默默走回餐桌前，对所有的客人说，对不起今天我不能陪你们共进晚餐了，我得陪一位特殊的客人。然后他从餐桌上端走两个盘子。他来到洗手间的门口，礼貌地敲门。得到男孩的允许后，他推开门，把两个盘子放到马桶盖上。他说这么好的房间，当然不能让你一个人独享……我们将一起共进晚餐。

那天他和男孩聊了很多。他让男孩坚信洗手间是整栋房子里最好的房间。他们在洗手间里吃了很多东西，唱了很多歌。不断有客人敲门进来，他们向主人和男孩问好，他们递给男孩美味的苹果汁和烤成金黄的鸡翅。他们露出夸张和羡慕的表情。后来他们干脆一起挤到小小的洗手间里，给男孩唱起了歌。每个人都很认真，没有一个人认为这是一场闹剧。

多年后男孩长大了。他有了自己的公司，有了带两个洗手间的房子。他步入上流社会，成为富人。每年他都要拿出很大一笔钱救助一些穷人，可是他从不举行捐赠仪式，更不让那些穷人知道他的名字。有朋友问及理由，他说，我始终记得多年前，有一天，有一位富人，有很多人，小心地维系了一个四岁男孩的自尊。

把山当成一块石头

几年前一个假期，我和几位朋友相约去爬山。那是一座阶梯形状的山，确切说，是两座紧紧连在一起的山，一高，一低。我们的目标是到达最高峰。这必须首先把那座较低的山踩在脚下，然后以那里为起点，继续攀登。

平日里朋友们大多以车代步，是那类被娇惯坏的城市人。这次去爬山，虽然一个个豪情壮志，可当终于艰难地爬到那座较低山峰的峰顶时，一个个还是不想动了。其实对我们来说，爬山不过是一种消遣，没必要太过认真。既然已经抵达了某一个山顶，既然已经把某一座山踩在脚下，那么，也算一种成功吧？于是我们决定停下来，在那里聊着天，喝着水，吃着干粮，只等养足了体力下山。

只有一个人没有放弃。在得知我们不肯继续攀登以后，他独自一人向那座更高的山进发了。平日里他也是以车代步的，并且，他是我们这些人里体质最差的一个。谁也不知道，在那时，他怎么会有那么大的信心和勇气？

黄昏的时候，我们到山下集合，再一次见到了他。他已经下来了，正拿出他在山顶上拍摄的照片给我们看。他似乎并不累。他的表情非常轻松。

我问他，你为什么一定要爬上山顶呢？你的信心和勇气，是怎么来的？

他说，我们最初制定的目标，不就是要爬上山顶吗？其实我不过是把较低的那座山，当成一块较大的石头。即使我把它踩在脚下，也不过是踩了一块石头。这当然不是终点。不过这块石头无疑垫高了我的双脚，使得我距最终的胜利，更近一步。

我想他说的对。生活中我们定下的很多目标，其实，不过是更高目标的一块块垫脚石。我们抵达一个目标，其实并没有成功，这不过让我们距更高目标更近一些而已。要抵达最终的成功，就必须不断地把每一个胜利踩在脚下，把每一个胜利，都当成实现终极目标的一块垫脚石。

把山当成一块石头，我们还怕什么呢？把山当成一块石头，我们就没有理由在这块石头上停下脚步。

第五辑

心若无尘，岁月生香

最尊贵的上帝

男人经过花鸟市场，被一位年轻人喊住。年轻人友好地看着他，冲他招手。嗨，过来！

男人一怔：喊我？

年轻人咧开嘴，露出两颗调皮的虎牙：过来！

年轻人的面前，摆着几颗石头。大的拇指大，小的小指大。买两颗吧！年轻人指着他的石头，说，放鱼缸里，很漂亮呢。

买两颗？男人懵怔，这是普通的石头啊！

早晨的时候，它们当然还是普通的石头。年轻人的嘴巴咧得更大，眼睛像弯月，可是现在，它们就不再普通了。

为什么呢？男人弯下腰。

因为是我把它们从几百颗石头里面挑拣出来的啊！年轻人说，就是说，这几颗石头，是那几百颗石头里面最漂亮的最昂贵的……你看看，是不是很漂亮？我为这些漂亮的石头付出了劳动，我是要得到报酬的。

可是即使你把它们从一万颗石头里面挑选出来，它们也不过是普通的石头。

不，它们是花玉。

花玉？

或者叫不含玉的石头，花玉是我起的名字……这样的玉，雕不成手镯和坠子，可是可以放在鱼缸里观赏啊。鱼缸里一定得有石头和水草，有石头和水草，才有河的样子……当然你可以自己去河边捡石头，但是买了我的石头，你就不用再去拣了啊！金鱼们围着这些石头做游戏，吐着泡泡……多漂亮的花玉啊！

男人笑了。他笑年轻人的表情。年轻人的表情认真并且郑重，充满自豪感。似乎他真的守着一堆价值连城的宝石，似乎面前的男人是他最重要的客户。

这么贵重的花玉，我可买不起呀。男人跟年轻人开起玩笑。

怎么会买不起？年轻人看到将石头卖出去的希望，每颗只卖三块钱！

三块钱？

我当然想卖到五块钱，年轻人摊开手，再一次露出嘴里调皮的虎牙，可是我妈只让我卖三块钱。

男人直起腰。他想他好像明白了一些什么。似乎，面前的年轻人，是一位傻子。他从河边拣来几块石头，然后拿到花鸟市场卖钱。男人数了数，年轻人面前的石头共有五颗。一共十五块钱？男人问。

全买了的话，十二块钱就够了。年轻人说，给你算批发价。

男人再一次笑了。——他的客厅里，真的有一个鱼缸。他的鱼缸里，真的缺几颗石头。当然这些只是普通的石头，不值一分钱的普通石头，可是这些石头给了这个傻子最美好最纯粹的期待，现在，男人想，他只需花掉十二块钱，就可以为傻子再送去一份最美好最纯粹的快乐。

难道不合算吗？

男人真的买下了年轻人的五颗小石头，手心里握着，站到马路边等候公共汽车。是时，黄昏，太阳挂上远方的树梢，将城市镀上金黄色的迷人轮廓。一位中年妇女快步走到他面前，跟他说一声谢谢，手里，捧着他的十二块钱。

我儿子刚才卖给您石头，希望您不要介意，女人说，他的智力有些问题。

女人似乎在努力回避着“傻子”这个词。

男人说没关系的。我喜欢这些石头。

女人再说一声谢谢。可是这些钱，必须退还给您……否则的话，我们岂不是成了骗子？

我不是这个意思……

知道您是好心人。女人说，我一直看着，我就在不远处卖花盆……不过每一次，当他成功地卖出几颗石头，我都会把钱退还给买石头的人……我必须这么做……

这些石头难道不是他从河边辛辛苦苦拣来的吗？

当然是。女人说，每天早晨他都会去河边拣几块石头，然后一整天都守在这里卖他的石头，有时也会给我添一把手……其实最开始是我要他这么做的，我想，总得让他拥有一份独属于自己的快乐……

他快乐吗？

当然。女人说，他认为自己也能赚钱，也能养活自己……他其实很懂事的……他总是把卖到的钱交给我……

女人红了眼圈。仍然擎着那十二块钱。

男人只好收下她的钱。买石头的人很多吗？他问。

不是太多，但每天都有。女人说，每一次见到有人买他的石头，我都会从心底感激他们。他们虽然算不上真正的顾客，然而对我们来说，却是真正的上帝。他们善良，大度，充满悲悯之心；他们仁慈，博爱，让我和儿子的世界不再寒冷。他们，还有您，难道不正是我们母子俩最尊贵的上帝吗？

男人握着五枚小小的石子，与女人告别。公共汽车上，他突然想，或许真有一天，这城市的所有鱼缸里，都会摆着几颗这样的小石头吧？

我的委屈，你的快乐

谁都不会想到，他在毕业十五年以后，竟然组织了一次规模不小的同学聚会。

并且，还是初中同学聚会。

初中时的他，安静得就像一粒被磨圆的石子。瘦小，腼腆，独来独往，戴很厚的近视镜。似乎除了功课好些，他没有任何让别人注意他的理由。他是转学来的，学校里没有朋友，别人对他的情况自然知之甚少。他从不主动跟同学搭话，除了课本，似乎世界上其他所有事情，都与他无关。

有同学见过他的父亲，是一位和蔼的男人。还是他来学校的那一天，他的父亲和班主任说了很长时间的话。听说他的父亲是一位船员，几乎天天在大海上漂泊。——公家的渔船，他的父亲是渔船上的二车。

他只有父亲。母亲在他十岁那年去世。曾有同学在他的桌箱里发现一张他母亲的照片，弯弯的眉毛，也戴着眼镜，与他很有几分相像。那天他生气了，似乎同学的举动是对他母亲的不敬甚至亵渎。学校每年都要开两次家长会，代他父亲来的，永远是家里的保姆。那是一位又矮又小的女人，有着轻微的腿疾。——父亲常年不在家，他的学习又紧张，得有一位保姆来照顾他。

只有这些。他是一个谜，一个让人没有兴趣去解开的谜。

初中毕业后读高中，高中毕业后读大学，然后，工作，平步青云，再然后，有了一家自己的公司。同学们只了解这么多。没有人知道他在这几年里的任何细节。

所以大家的猜测是，他和那些暴发户一样，同学聚会不过是一个幌子。借此显摆和招摇，才是真正目的。

事实似乎真与他们想象中一样。他没有在酒店宴请他的同学，而是把聚会安排在家里。是一栋二百多平方米的房子，有旋转的楼梯和占据一面墙壁的大书架。房间里摆设豪华气派，那是只有在电视剧里才能看到的场面。厨房很大，一位老妇人正忙着给他们准备午餐，见客人们来了，停下手里的工作，与他们相视而笑。

尽管比十五年前老了很多，但大家还是一眼就认出了她。她是十五年前那个保姆。看来，她注定要为这个家打一辈子工了。

他和同学们坐在客厅叙旧，一边不停地打电话跟酒店订菜。其实那天，老妇人不过炒了四个菜，四个一模一样的菜。他告诉大家，这是她最拿手的一道菜，让大伙好好尝尝。——他的话仍然不多，不过很明显，现在他多了自信。

然后，分四桌，开始吃饭。他把老妇人让到首桌首席。

这并不奇怪。尽管老妇人只是保姆，但她年事已高，她为这个家操劳了半辈子，她应该享有和他们一起吃饭并坐上首桌首席的权利。可是他接下来的话，却让每个人都大吃一惊。

他说，她不是保姆。她其实，是我的母亲。

旁边的老妇人微笑着点头。

当然，她不是我的生母。他接着说，不过，在二十年前，在我的生母去世几年以后，她嫁给了我的船员父亲。

同学们盯着他，等着他说下去。

可是那时候，我是多么不懂事啊！他继续说，我只记住了生母的好，我认为只有生母才是我的母亲，我认为只有对她抵触和排斥，才能表达我对亲生母亲的爱与怀念。所以那时，尽管她对我百般呵护，我就是不认她。有时候，当父亲不在时，我会故意打碎盘子，以示我与她之间永远的距离……那几年里，我从没有叫过她一声妈。当然，我更不能允许她以母亲的身份去学校开家长会……那等于我的默认……我是多么不懂事啊。

可是她还是想去，因为她早已把你当成了自己的儿子……并且学校规定，必须有人来开家长会……对吧？一位同学小心翼翼地问。

是的。所以我们协商后决定，她可以去，不过她只能告诉别人她是我的保姆。他说，那个时候，我认为，假如在同学面前暴露了她的身份，我会很丢脸的。

他指的有两点吧？一是他有一位后妈，二是女人的腿疾。

我知道，在那段时间里，我深深地伤害了她。这件事折磨了我很多年，现在，我必须为这件事做出补偿……所以我请你们来，我一定要当着你们的面，当着曾经把她当成保姆的所有人的面，跟她、跟我的母亲，说一句对不起。说到这里他站起来，向身边的老妇人、向他的母亲，深深地鞠了一躬。

很多人被感动了。可是他们仍然想不明白：就算她是后妈，可她毕竟是家长啊！在十几岁的儿子面前，她完全有行使一位家长的所有权利。所以在饭后，他们还是委婉地问她，您当初，为什么要由着他的性子来呢？

母亲轻轻地笑了。她说我坚信总有一天，他会被我感动，会心甘情愿叫我一声妈。但在当时，我想，我应该、也必须尊重他……没有人去开家长会，行吗？他会很难堪的……是的，那几年里，我受了很多委屈，可是我还知道，当你们认为我只是他家的保姆时，他的心里，肯定会有一丝得意，一丝快乐。既然我是母亲，既然我那么爱他，那么我的委屈和他的快乐比起来，又算得了什么呢？

一席话让很多人红了眼圈。

一簇塑料花

注意那个男人已经很久，他穿着洗得发白的中山装，消瘦，修长，背微驼，戴一副无框眼镜。只看长相和穿着，他应该是某个单位的领导或者某所大学的教授，然而，他却靠捡垃圾为生。

我发誓绝对没有瞧不起他。我只是纳闷，这样一位男人，做什么不可以呢？——也许有些卑微是自己寻来的，也许有些人，天生就喜欢有些卑微的生活。清淡，忙碌，与世无争，朝不保夕。可是对他来说，这怎么可能？

从第一次见他，他就穿着中山装，冬天过去一半，他仍然穿着那件中山装。奇怪的是他的中山装虽然很旧，却总是洗得干净，甚至带着叠压的褶皱。这让我怀疑他有至少两件完全相同的中山装轮流来穿，或者，在晚上，他将衣服洗干净，想办法烘干，再小心地折叠起来，然后，第二天早晨，认真地穿上……

他常常在清晨来到这个小区，骑一辆虽然破旧却擦得锃亮的三轮车，手持自制的铁耧。他站在垃圾筒边仔细地翻找和挑拣，目不斜视。他做的是一件卑微的事情，却总感觉他在从事一项伟大的事业，从他的脸上你看不到任何卑微和渺小，只有专注和敬业。

后来听朋友说，以前，他真的是一位老师。不过不是教授，只是一位小学民办教师，学校在大山里，他的工资极低。后来，那个学校撤掉，他就进了城。他有一个读大学的女儿，他一个人靠捡垃圾供她读书，生活的艰难可想而知。问他为什么不做别的，他说我一介秀才，能做什么呢？朋友讲到这里时，加一句感慨：百无一用是秀才啊！听得我心里很不舒服。朋友接着说他还写得一手好字，常常把拣来的没有用过的纸张订成本子，练习他的硬笔书法。问他练书法有用吗？他回答说没有用。没有用，仍然要练。有人见过他写的字，说他写过的每一张纸，都可与最好的字帖相媲美。

我没有见过他写的字。我怀疑那是朋友的夸张。可是他正在被这个社会抛弃，并且愈来愈彻底——这毋庸置疑——他空有一身武艺，却毫无用处。

那天收拾衣柜，翻出几件虽然很新却不能再穿的衣服，心想，反正留之无用，不如送给他好了。找一个大纸袋将衣服装好，下楼，站在健身场上等他，远远见他来了，忙把纸袋放进垃圾筒，再返回健身场装模作样地压腿。我见他弯腰拾起那个纸袋，打开看一下，又扭过头看看我，目光中充满不解。我赶忙逃掉，像做了一件亏心事般紧张。

大约两分钟后，他敲开我的房门。他抱着那个大纸袋，问我，这是您放进垃圾筒里的吗?

我说是的。是一些我不能再穿的衣服……我近年胖了……衣服没有用了……

哦，这样。他笑笑说，您确定要丢弃它们吗?

我说确定。

他笑一笑，转身离开，没有再说一句话。他的中山装洗得发白，他有了白发，他的背影微驼。

第二天上午，他再一次敲开我的房门。首先映入眼帘的，是很大一簇花。塑料花，全是用废弃的方便面包装袋扎制而成。每一朵花、每一片花瓣都充分利用了塑料袋上原有的颜色和图案，缤纷绚烂，几乎能够以假乱真。男人的脑袋从花束后面伸出来，冲着我笑。

送你的花。他说，我亲手扎的。

你亲手扎的?我惊讶不已。

是啊，以前教过的一个孩子教给我的。他说，当心情烦闷时，我就用拣到的方便面包装袋扎些花，然后送给帮助过我的人……我没有好东西送你，我只有塑料花。

他扎得非常棒，那些塑料花似乎正在悄悄开放，散发出一缕缕的清香。真想不到这个戴眼镜的男人竟会有这样灵巧的手和这样细敏的心思，竟能让人们随手丢弃的废品，重新焕发出新的生命。

那么，这个男人，这个被人们认定正在被世界抛弃的男人，也正焕发着新的生命吧！

那天我们聊了很多，男人却站在门口，死活不肯进来。最后他说，等他女儿大学毕业，他就再回乡下找一份教书的工作。他不管钱多钱少，他只是喜欢那个职业。他相信自己能够找到。因为，即使现在，他也一直没有放弃他的教本。

现在做这些，全是因为女儿。他有些无奈地说，我得多挣些钱。

他送我的那簇塑料花，至今，仍然盛开在我的茶几上。昨天突然接到他的电话，说他已经开始上课了，不过不是乡下，而是本市一所很有名的学校。他还告诉我，两年前我送他的衣服，他一直没有穿，但他肯定会好好保存。

——他真的有两件一模一样的中山装。他并不需要那些衣服。当时他微笑着接受，只因为，他不想让我难堪。

在那段日子里，其实，试图帮助他的，远非只我一个人。很多人都送过他东西，多是用一种悄悄的方式。这些东西，有些用得上，有些用不上，他的回赠，永远是一簇塑料花。他说世界并没有完全将他抛弃，这么多人没有用一种令他不快的施舍方式偷偷地帮助他，就是证明。

还有什么话可说呢？我只能祝贺他。我只能祝福他。一个被人们认定被彻底抛弃的男人，竟然在他最艰苦的日子里，满怀信心地扎出一朵又一朵一簇又一簇美丽芳香的塑料花，并努力维系着类似我这样的很多个陌生人的自尊。这样的男人，他的生命颜色，他的生命硬度，远比我们优秀。

这世上，似乎真的没有人任何人和任何事，可以彻底丢弃任何一样东西。即使它们被丢弃，只要颜色还在，只要信念还在，只要爱与善良还在，终有一天，都会绽放出新的生命。

就像塑料花。就像他。

在痛苦的深处微笑

父亲驾驶着货车，在一条陌生且偏僻的土路上奔驰。突然货车扭起了秧歌，几近失控。他狠狠地踩下刹车，避免了一场可怕的灾难。他对六岁的儿子说，坐在车上别动，我下去看一下。

汽车停下的位置，是一个斜缓的下坡。父亲钻到货车下，仔细检查他的车。正午的太阳高悬在空，坑坑洼洼的土路上没有任何过往的车辆和行人。儿子在驾驶室里唱起快乐的歌。父亲轻轻地笑了。他握住扳手的手加大了力气。

突然，毫无征兆地，汽车滑动了一下。男人永远不会知道汽车为什么会突然滑动。是刹车突然失灵，还是驾驶室里的儿子扳动了刹车。似乎汽车在他头顶快速地驶过去，然后猛地一颤，就停下了。儿子的歌声戛然而止。那一霎间，巨大的痛苦让父亲几近昏厥。

他仍然躺在车底下。凭经验，他知道，是一块凸起的石头阻挡了滚动的车轮。

父亲想爬出去，可是他的身体根本动不了。他感到一种几乎令他无法忍受的剧痛。他不能够辨别这剧痛来自身体的哪个部位，更不知道在那一刹那，车轮是从他的胸膛上还是两腿上轧过去的。那一刻他只想到了自己的儿子。他高喊着儿子的名字，他说你没事吧？

儿子推开车门，跳下来。他说我没事，我不知道汽车怎么突然动了。

父亲朝儿子微笑。他说你没事就好。你把电话拿给我。

儿子说你要电话干什么？你怎么不起来？

父亲说我累了，我想躺在这里休息一会儿。你把电话找给我，我给妈妈打个电话。疼痛在一点一点地加剧，如果不是儿子在场，他想，他或许会痛苦地大叫起来。可是现在，他只能微笑地面对自己的儿子。

儿子取来了电话，他拨通了急救电话。可是他根本无法讲清楚他所处的准确地点。他不知道急救车什么时间能够抵达这里，更不知道，他还能不能挨过这段漫长的时间。

接着他拨通了妻子的电话。她问你还好吗？他说还好，我们现在正在休息。她问小家伙好吗？他说好，在旁边呢。然后他扭过头，冲蹲在不远处的儿子挤挤眼睛。她说那就好。早点回来，想你们了。他听到她在几千公里外轻吻了他，然后挂断了电话。他笑着对儿子说，你就蹲在这里，别回到汽车里去。——他不敢肯定，汽车会不会再一次滑行。

儿子有些不太愿意。他说天太热了，我不喜欢蹲在这里。你还没把车修好吗？

他朝儿子微笑。他说还得等一会儿，并且，我还没有休息好。这样，现在我们做一个游戏。我们朝对方微笑，看谁先支持不住。记住，只能微笑。父亲盯着他的儿子，微笑的表情似乎凝固。只有他知道，此时，他在经受着怎样一种天崩地裂的剧痛。

儿子对游戏产生了兴趣。他坐在地上，学着父亲的样子微笑。后来他困了，眼皮不停地打架。终于，他躺在地上睡着了。

很长时间后，儿子醒过来。他看到手忙脚乱的人群。他看到很多人喊着号子，掀开了货车，将脸色苍白的父亲抬上了急救车。父亲看着他，仍然是微笑的表情。

父亲保住了性命，却永远失去了两条腿。可是他没有失去微笑。微笑像阳光一样在他脸上流淌，让人踏实，充满安全感。后来儿子长大了，一个人漂泊在外，有了女朋友，结了婚，也有了儿子。很长的一段时间里，他的生活动荡不安。他身心疲惫，一个人承受着太多的艰辛和痛苦。可是，当面对自己的朋友，面对自己的妻儿，他总是深埋起所有痛苦，而在脸上，挂了和父亲一样的微笑。

他微笑着说，这是很多年前，我那面对灾难的父亲，留给我的所有表情。

是的。微笑不是父亲唯一的表情，但无疑，微笑是所有父亲最重要的表情。在痛苦的深处微笑，那是爱和责任。

真正的尊重

//

姑娘坐在那里，面前放一架脚踏琴。她像一位登台表演的钢琴家，柔和的灯光中，脸上，是骄傲并虔诚的表情。

和朋友去作协办事，刚下车，就被她吸引。确切说，一开始吸引我们的，是她的琴声。流水般的声音，在嘈杂的市井，静静地淌。

她的面前，放一个小巧的塑料筐，里面散落着几张零钞。她并不看那个塑料筐。她的目光盯着围观的人群，盯着街角的合欢树，盯着店铺的招牌，盯着远处的公共汽车。

她的目光无处不在，却并不看那个塑料筐。

那时她弹的是《致艾丽丝》。很经典的曲子。

姑娘只有一条腿，一只胳膊。我不知道她是如何将那架脚踏琴搬到那条繁华的步行街的，但我知道她不是骗子。一个人可以伪装出贫穷和残疾，可以编造出让人同情的谎话，甚至可以流下虚假的眼泪，唯独伪装不出那种善良和纯净的眼神。

姑娘的眼神，纯净并且善良。

琴声如月亮般清澈和明净，迎面扑来。不是亲眼所见，你很难相信，那琴声的弹奏者，只有一条腿，一只胳膊。

谈不上震撼。那一刻，却被她感动。

和朋友对视一眼，各自掏出十块钱，郑重地放进那个塑料小筐。然后，我拉起朋友，欲走。

朋友瞪我一眼。他轻声说，听完！

我知道朋友并不喜欢这首曲子。或者，即使喜欢，这首已经可以背下的名曲，也完全没有重听一遍的必要。特别是，那天我们本来已经迟到。时间紧得很。

朋友仿佛怕我走开，他紧紧地攥着我，听那位姑娘的琴声。

一曲终了，朋友轻轻鼓掌，声音不大，却很郑重。我听到姑娘说，谢谢。她并不看我们，也不看那个塑料筐。她喝下一口水，然后，又一支悠远的曲子从她的指尖流出。

后来朋友说，你认为，那十元钱，是对她的怜悯吗？

我说不是。

朋友说，那就对了。其实那天，我们是在欣赏一位乐者的演奏。所以我们要给钱。所以我们要听完。

我想他说得对。那位姑娘当然不是乞丐。甚至，演奏是她的事业，乃至生命。那天我们去欣赏的，其实是她的露天演奏会。我们听了曲子，给了钱，但是，交易并没有到此结束。我们应该听她奏完那首曲子，我们应该为她的精彩而鼓掌。无论她是一位真正的艺术家，还是一位街头的卖艺者。

这是对她和他人的尊重。真正的尊重。

只为让你看到我

其实比赛并不精彩。但这并不影响男人自娱自乐。

男人赤裸上身，头上插满了公鸡的羽毛，脸上涂抹了厚厚的油彩。男人的面前放着一个巨大的皮鼓，肩上挎着一面巨大的铜锣。男人的胸前挂着一串五颜六色的喇叭，嘴里叼着一个亮晶晶的铁皮哨子。男人吹响哨子，眼睛瞪得滚圆，脸憋得通红。整个上半场他一直手舞足蹈，又敲锣又打鼓，又吹喇叭又吹哨子，可是，对面大屏幕上，并未出现他的身影。——观众席上有着太多远比男人卖力的球迷，男人的声音和身影被他们淹没。

何况男人并非真正的球迷。

到了下半场，男人的表演更加夸张。他一会儿扮成非洲土著，一会儿扮成街道老大妈，一会儿欣喜若狂，一会儿捶胸顿足。他几乎将皮鼓敲破，将铜锣敲破，将嗓子喊哑，将哨子吹哑。他满脸是汗，气喘吁吁，他比球场上的球员还累。他近似疯狂的举动让旁边的观众不解甚至反感：一场并不精彩、并不重要的足球比赛，至于让他拼出性命？

可是大屏幕上，依然没有他的影子。

比赛临近尾声，观众席上掀起人浪。这是男人最后的机会，假如他继续自顾表演，也许便会从人浪里突兀而出。男人咬咬牙，跺跺脚，真这样做了。人浪掀到近前，男人没有配合。这次他扮成一只鸭子，扁着嘴，耸着肩，抻长脖子。他将胸前的喇叭摘下来，抛起又接住，接住又抛起。

他的身影终于从大屏幕上一闪而过。虽然只有短短两秒钟，男人还是冲着镜头笑了一下。他笑得非常开心，笑容里藏着一种小心翼翼的爱怜。然后男人将皮鼓和铜锣交还别人，坐下来，扔开手里的喇叭，拔掉头上的羽毛，一言不发。男人完全变成另一副模样，球赛上的事情似乎再也与他无关。安静下来的男人，甚至有些木讷。

这是男人第一次现场看球。这是男人第一次将自己打扮成球迷模样。这是男人第一次上电视。

男人随观众走出体育场，仍然一言不发。他走了很久，终在一个建筑工地前停下脚步。那里有一个公用电话亭，不远处坐着他正在乘凉的同事。男人顿住脚步，吸一口气，拨通一个电话。他笑了。他说，玲，让丫丫接电话吧！

丫丫，刚才在电视上看到爸爸了吗？丫丫开心吧？爸爸说过就算爸爸远在几千里以外，也能逗丫丫笑，逗丫丫开心，爸爸说话算话，是吧？

丫丫，是电话不好，爸爸才会变成公鸡嗓子。

丫丫，刚才爸爸威风吧？敲锣打鼓，又唱又跳，球场上那么多人，就数爸爸威风。爸爸为什么威风？因为爸爸想丫丫啊！因为爸爸答应过丫丫啊！爸爸得赚钱给你治病，近来不能回家看你，丫丫要听妈妈的话，按时吃药，按时打针，好不好？痛的时候，告诉妈妈和奶奶，但不能哭，好不好？丫丫要坚强，丫丫一哭就不漂亮了。

丫丫，爸爸要挂断电话了，一会儿爸爸还要值班，去晚了，叔叔会不高兴的。球赛的门票还是叔叔送给爸爸的呢！叔叔是好人，给我活干，发我工钱，咱们得感谢他。丫丫，我保证忙完这段时间就回去看你。我保证会带好吃的给你，好玩的给你。我还会带些好药给你，丫丫吃完爸爸带给你的药，胳膊就不痛了，腿就有力气了，就能下地走了，就能跑了，就能跳了，就能骑上爸爸的脖子了，就能上幼儿园了，就能看到小朋友了。不过丫丫得答应爸爸，要坚强，好不好？来，丫丫，现在我喊一二三，咱们一起说。一，二，三，丫丫要坚强！丫丫好样的！

男人放下电话，走向工地。他从怀里掏出一张照片，边走边看。走到黑暗处，男人低下头，深情地亲吻了照片。男人的脸上仍然挂着浓重并且滑稽的油彩，油彩下面，男人的眼睛，如同盈满清水的井。

勇敢的孩子

//

志愿者扒开废墟，看到一只胖嘟嘟的小手。那只手握着一只挤碎的蛋壳，蛋壳上，蜡笔涂画了红色的笑脸。志愿者抹一把泪，问你还好吗？里面说，好。稚嫩的声音从水泥板的缝隙里挤出，颤抖惊骇，挂着冰凌。志愿者说别怕，马上救你出去。他喊来救援队员和医护人员，救援队员们用上了冲击钻和千斤顶，医护人员们神色焦灼。志愿者一只手高高地举起吊瓶，另一只手，紧紧握住那只流血的胖嘟嘟的小手。

你痛吗？志愿者俯下身子。

我痛，可是我很好。惊骇的声音慢慢平静。

你是好样的，你很勇敢。志愿者说，不要怕，马上救你出来。

可是我的身边还埋着很多同学。很多血……

他们还好吗？志愿者晃了晃，几乎栽倒。坍塌现场狭窄惨烈，大型挖掘机派不上任何用场。救援队员们，只能依靠双手将狭窄的缝隙一点一点抠开。

我不知道。小女孩说，刚才我还和他们说过话。很多血……

现在呢？

现在没有声音了。小女孩说，他们睡着了吗？

他们睡着了。志愿者哽咽着，你不要乱动，尽量节省体力。我们先把你救出去……

你们会把他们也救出去吗？

当然，我保证。志愿者泪如雨下，你们都会平安，你们都是好孩子……

救援队员们从废墟里扒出一个小男孩。小男孩侧卧在小女孩的外面，一根钢筋刺穿了他的左胸。鲜血染黑他身体下方的楼板，他紧闭双眼，已经没有了呼吸和心跳。但他的手里，仍然紧紧地抓着一只可爱的小棕熊。

大夫摇着头，摘下眼镜。泪水打湿口罩。

志愿者擎着吊瓶，看着大夫。

大夫继续摇头。没有希望了。

志愿者无声地嘶喊，做一个冲过来的姿势。废墟下面马上传出小女孩痛苦的呻吟——塑料软管扯动了她手背上的针头，志愿者看到软管里回流着她清澈的血。小女孩说叔叔，叔叔……她的声音再一次变得颤抖。

志愿者怔一下，定住脚步，说，我在。牙关紧咬，表情狰狞。他的世界一片模糊，眼睛像泄洪的闸。豆大的泪珠砸上坍塌的楼板，击起微小的尘烟。志愿者高高举起吊瓶，看担架离他越来越远。

叔叔您走了吗？稚嫩的声音惊惧不安。

不，叔叔不会走。

叔叔您哭了吗？

不，叔叔不会哭。

您能看到我吗？

我能看到你了，孩子。

我也不会哭。

是，你是勇敢的孩子。

志愿者闭上眼睛。没有用，眼前尽是地动山摇的恐怖景象。楼房像积木一般突然垮塌，远处的山体像被巨大的斧头拦腰斩断。柏油马路如同水蛇般扭曲着身子在几乎被夷为平地的城市里爬行，到处都是尘烟，瓦砾，惨叫，鲜血，震塌的店铺，倾斜的楼房，惊恐的眼睛，战栗的身体，亲人失去或者亲人重逢之后的号啕……

小女孩终被救了出来。她的眼睛宛若透明清澈的葡萄，她小小的身体像羽毛一样轻盈。她向志愿者露一个微笑，她说，因为您一直在，刚才，我没有害怕……

志愿者没有笑。他很想递给小女孩一个笑脸。可是他发现，这个时候，他已经做不到了。

……救援继续。志愿者跪下来，疯狂地扒着他面前的废墟。志愿者的眼镜掉落地上，摔成碎片。志愿者失去了他的十个指甲。志愿者扒起来的每一块残砖，都浸染着他的鲜血。

救援队员们扒出十二具尸体。十二具小小的尸体，挨挤着，蜷缩着，坐着或者躺着，笑着或者哭着，坚强着或者绝望着，镇静着或者骇惧着，冰冷，僵硬，如同春天里，突然冻僵的可怜的柔软的花苞。

志愿者晕厥过去，仍然紧紧抓着那只可爱的棕熊。

……他在医院里醒来。他再一次回忆起那可怕的一幕。他的世界，终于坍塌。

志愿者经过一个个帐篷。老人们老泪纵横，一遍遍低唤着失踪的亲人；年轻人三五成群，组成临时的救援小队；孩子们互相安慰着，尽管眼睛里还闪烁着泪花；还有年轻的母亲——年轻的母亲们怀抱着熟睡的婴儿，轻轻拍打着，为他们唱起儿歌：

不要怕，不要怕，你是勇敢的好娃娃……

志愿者跌跌撞撞地走到一位女人面前，将手里的小棕熊塞给她怀里的孩子。小男孩只有两三岁的样子，生得虎头虎脑。他看着志愿者，咧开嘴，笑了。

志愿者的眼泪，就落上他粉嘟嘟红扑扑的小脸。

志愿者对女人说，是我儿子的，送给他吧。

刚转身，就听到小男孩稚声稚气地唱起来：

我不怕，我不怕，我是勇敢的好娃娃……

祝福

//

临睡前我接到一个电话。他说他现在正在医院，父亲还躺在手术室里没有出来，他很害怕。他说这么晚了打扰我真是不好意思，并问我能不能陪他说几句话。

我说当然可以。然后委婉地提醒他打错了电话。因为我并不认识他。

他说知道，我知道你不认识我。其实我不过胡乱地拨了个号码，恰好打给了你而已。然后在我的惊愕中，给我讲他的故事。

他说由于家境贫寒，加上母亲的过早去世，很小的时候他就离开了老家，被寄养在亲戚那里。在他的印象中，老家不过是一个模糊的影子，更别提有什么感情。大学毕业后，他到现在的城市工作，后来又在这里开了公司，生意越做越大。本来他还有一个弟弟，却被突发的黄疸肝炎夺去生命，这样，他的老家，就只剩下父亲。于是他把父亲接到身边，并给他买了一栋房子。

可是也许父亲太想念自己死去的儿子，竟整天把自己关在屋子里，哪儿也不去。这样一段时间后，他发现父亲开始精神恍惚。父亲总是问他，你弟弟怎么不回家？一开始，他还用各种借口搪塞，后来连他自己都烦了。他对父亲说，弟弟几年前就不在了，还是你在医院把他送走的，你怎么不记得呢？说了几次后，父亲就不再问了。不再问的父亲，又坚持要他跟自己回老家。父亲以为他在骗他，他以为他的小儿子在老家等着自己。可是他残酷地拒绝了父亲。他怎么能够回老家呢？这个城市里，他的事业正蒸蒸日上。他开始和父亲争吵，拒绝听父亲的任何理由。终于，父亲不再和他说话。不再和他说话的父亲，衰老得很快，后来竟连走路都是颤颤巍巍。今天早晨，父亲摔倒在洗手间，昏迷过去。他把父亲送进医院，而大夫，则把父亲推进了手术室。

可是我能帮你什么呢？我耐着性子听完他的倾诉，说。

一会儿当我父亲被人从手术室里推出来，你能不能对着电话，叫他一声爸爸？他恳求我说，我费了很大的劲儿，才查到老家的电话区号。我想，父亲在昏迷中听到乡音，会以为那是他的小儿子在叫他，他就会醒来……

原来如此！原来我所居住的这个小城，就是他的老家。他随便拨一个电话号码，就是要找一个说乡音的男人，叫他的父亲一声爸爸。

我想了一下，说可以。

你能不能，再加上两句祝福？他说。

我说当然可以。

过了一会儿，我听到他说，现在可以开始了。然后我感觉，他好像把电话离开了他的耳朵……

一分钟后，我听到他在那边说，谢谢你。夹着哽咽之声。然后电话挂断了。

想不到三年后，我竟再一次接到他的电话。在弄清我的住址后，他说要马上来登门致谢。

他坐在我的对面，穿着质料考究的西装，举止彬彬有礼。他说谢谢你，如果不是你，我都不知道我现在是什么样子，更不会回到老家。现在我不仅回来了，还用了三年的时间，在这里开创了新的事业。

我说你不用客气，我没帮上什么忙。

他说怎么没帮上忙呢？如果不是你的帮助和祝福……

事到如今，我只好实话实说。我说其实当你把电话靠近你父亲的时候，我什么也没有说。看到他愣了一下，我接着说，我在思考该说些什么才好的时候，你已经把电话拿开了，并且挂断。……你给我的时间太短。好在你的父亲没事。他身体还好吗？我问。

父亲走了。他低下头。

我的心被重重击了一下。我想，假如是因为我的失语，从而导致他父亲的离去，那么，我会内疚一辈子的。

他仿佛猜中了我的心思。他说你不用这样。其实父亲早就不在了。六年前就不在了。那次，其实我在骗你。

我吃了一惊，为什么要骗我？

是这样。他说，那次我跟你所说的一切，都是真的。只不过，我把时间，向后推了三年而已。事实上父亲三年前就不在了，因为想家，因为想弟弟，因为和我吵架，因为他看到我的事业存在很多隐患而我根本听不进任何劝告……总之因为很多事。因为这很多事，他病倒了，没有抢救过来，就去世了。直到他去世，他也没能回一次老家。所以我非常自责，我常常在夜里想，我可能用一辈子的时间，都无法弥补自己的错误。

可是这与那个电话有什么关系呢？他越说，我越糊涂。

有关系！他说，我记得父亲临终前拉住我的手，他说，假如你混不下去了，就回老家，那里还有我的老战友和老同事，他们肯定会帮你。——我想父亲早就猜到了我的公司早晚会出大事。果然，在他去世后三年，我的事业几乎遭受到灭顶之灾。于是我想冒一次险，我想窃取别的公司的商业机密。可是你知道，这是最不道德、最不理智的冒险。一旦败露的话，迎接我的，将必定是牢狱之灾。

后来呢？我问，这与那个电话又有什么关系呢？

其实还有另一条路。他接着说，就是遵照父亲的意思，回老家去，平平稳稳地生活，或者重新开始。于是那天我随便拨通了一个老家的电话号码，我想，假如老家的这个陌生人肯听我唠叨超过半小时，那么就证明世上还是好人多，老家还是好人多，我就回去，一切重新开始。并且，这也算是听从了父亲的临终嘱咐，慰藉一下他的在天之灵。我想，他活着的时候，我从未听过他的；现在他走了，我总得听他一次。

那天超过半小时了吧？！我说。

是的。他说，可是半小时后，我又改变了主意，我想再加上一个条件。我想，假如这个陌生人肯答应叫我的父亲一声爸爸并送给他几句祝福的话，那么，我才肯回去。——事实上那时我仍然没有下定回来的决定，我不过是在为我的固执寻找借口。

可是我竟答应了。我说。

是的。那时我就想，我还有什么理由不回去呢？事实上，那天，我真的把电话靠近了自己的父亲，只不过，是靠近了他的照片。后来怕你听到我的哭声，我就匆匆挂断了电话……

我无语。我想那天幸亏我接了电话，而不是看到陌生的电话号码就无动于衷；那天幸亏我答应了他，而没有拒绝他那个近似无理的要求。事实上，我祝福与否，已经不重要了，因为我已经答应了他，因为那时，他已经把电话移离了他的耳朵。我想那时候，并不是我和他的父亲在交流，与他父亲交流的，其实正是他自己。

现在想想，其实那天我什么事也没有做。我只是接了一个电话，听对方在电话里喋喋不休地讲了半个多小时，然后挂断。可就是这些，却挽救了一个人的道德和良心，给了他重新开始的理由和信心，并让他远在天堂的父亲，得以欣慰。世上还有比这更完美的事吗？

我想，或许每天都会有这样的事在我身边发生，只不过我没有发觉罢了。

或许，你也是。

天使的产房

小时候有一个要好的伙伴，父母都是乡医院的大夫。那医院虽然破败，却很大、很空旷。古老的建筑横七竖八，花园如同足球场般大小，中央有一棵近百年的银杏树。

记得那一年夏夜，我几乎天天往那个伙伴家里跑，好像是学校里成立了学习小组，又似乎是别的什么原因。

医院家属院就在那个花园的后面，去的时候，需要先穿过一道阴冷逼仄的走廊，再经过空无一人的漆黑的老花园。现在我已经很难将那时的情景描述清楚，我只记得夏夜里那个光着脑瓢的小男孩胆战心惊地走在空旷黑暗的医院大院，心中的恐惧，被自己一点一点地放大。

前几次回来，都是小伙伴的母亲送我。那是一位三十多岁的纤细小巧的女人，头发剪得很短，喜欢笑，喜欢柔声细语地说话。她会一直将我送到医院大门口，然后目送我走上沙土马路。

她不停地与我交谈，她知道交谈能够减轻我的恐惧。她问我的学习成绩，问我的课余游戏，问我的书包，甚至问我的虫牙……她什么都问，却不会令我产生丝毫不快。她还会给我介绍她的医院，她说这几间房子是门诊部，那几间房子是挂号部和取药处，那边的几间是手术室，中间这两间是中医门诊，后面那整整一排，是病房……

那么，那几间呢？我扭过头，问她。

那几间房子挤在医院的角落——医院虽然空旷，可是它们还是被挤到了角落里。我从那里经过几次，我只见到了两扇油漆斑驳的厚重的木板门，和一把好像从来没有打开过的铜锁。我想屋子里肯定是黑漆漆的，那时我认为所有我没有去过的地方都是黑漆漆的。房子前面有一条小路，小路两边开满了花：鸡冠花、串红花、月季花、夹竹桃、金边兰、太阳花……可是我从来没有见过任何人去那里看过花或者摘过花。那地方让我充满好奇，也让我骇惧。

哦。她笑笑说，那是天使的产房。她的声音不大，柔软，有着绸缎般明亮细腻的质地。

我们可以偷偷去看看吗？我来了兴致。

不要。她笑笑说，我们应该尊重他们，我们更不要去打扰他们——因为那是天使的产房。

那时候我并不知道什么叫做天使，可是我知道什么叫做产房。我知道产房是生命诞生的地方，那么，天使的产房就是天使诞生的地方。她还告诉我，所有的天使都长了翅膀，他们生活在我们看不到的地方，他们是单纯、美丽和善良的，可是他们诞生于人间。

她送过我几次，再以后，就不再去送我。她说我完全可以一个人走出医院，走上医院门前的那条沙土路，然后走回家。她说医院是救死扶伤的地方，没什么好怕的。

那以后，似乎，我真的不再害怕。夜晚的乡间医院里有什么呢？有门诊部，有挂号处和取药处，有手术室，有病房，有鸡冠花，有串红花，有月季花，有太阳花，有偶尔出来打扫卫生的老者，还有天使的产房……天使们长了翅膀，住在我们看不见的地方。医院到底有什么可怕的呢？

几年以后，突然某一天，我知道了，原来那几间房子，就是医院的太平间——当一个人在尘世的生命结束，就会走进去，从此，与世间再无瓜葛。

可是，难道她说的不对吗？那是“天使的产房”，那是天使们诞生的地方。

她让我单纯快乐的童年，没有产生丝毫有关死亡的恐惧阴影。现在我想，那个时候的她，不正是人世间最美丽、最善良的天使吗？

最漂亮的鞋子

一开始谁也没有注意到她的鞋子。她坐在轮椅上，鞋子藏在裙摆里。她衣着光鲜，笑容灿烂。

是一个笔会，组织者把行程安排得很紧。景区大多距市区很远，一群人乘坐旅行社的大巴，她总是在最后。上车的时候，她会温婉地拒绝所有人的搀扶，她将身体前倾，双臂撑着大巴车临门的座椅，便上了车。然后，靠着双臂的支撑，身体一点一点往前挪动。很多人盯着她看，赞赏的或者怜悯的，她都不理会。她有修长的双腿，可是那腿，却支撑不起她的身体。她在走自己的路，用了结实的双臂。

她总在笑。笑着，你就忘记她的腿，忘记她的不便。然后，待下车或者上车，便再一次注意到她。——她拒绝任何人的帮助，她前倾了身子，双臂撑起，她微笑着说，我可以。

五天的行程，天天如此。

最后一天下午，难得的自由活动时间，于是结伴出去购物。是一条繁华的街道，两旁店铺林立。一家店铺一家店铺逛下来，不觉来到一家鞋店。进了门，想起她在，才感觉有些不妥，想退出来，又似乎太过造作和夸张。看她，却并不在意，笑得更灿烂。她说，我最喜欢逛鞋店啦。

心中不觉一惊。

这才注意到陪伴她五天的鞋子。

一双一尘不染的鞋子。红色，高帮，高筒，高跟，有着动人的弧线和温润的皮革光泽。鞋子像两朵盛开的红色百合，或者两只尊贵的金樽。鞋子一丝不苟地系了时尚的鞋带，银亮的鞋花告诉我们，这是一双价值不菲的名牌皮鞋。

我知道，其实之于她，哪怕再昂贵、再漂亮的鞋子，其作用，也许也仅限于保暖。她走不了路，她坐在轮椅上，她的鞋子踩在踏板上，藏在裙摆里，根本无人注意。仅仅在上下大巴的时候，她的脚尖才会艰难地轻点一下地面，她的鞋子才会露出一点点红。并且，我一直弱智地认为，对所有有着足疾或者腿疾的人来说，鞋子应该是一种痛，一种伤，一种刺目，一种回避，而不会成为鞋子拥有者的美丽或者骄傲。

看来是我错了。

她自然是美丽和骄傲的。她指着脚上的鞋子给我们看，她告诉我们什么样子的鞋子最合脚，什么样的鞋子物美价廉，什么样的鞋子应该搭配什么样的裤子或者短裙。她说，我家里，收藏着五十多双漂亮的鞋子呢！

还有什么话可说？其实，漂亮的鞋子之于任何人，所代表的，都是一种自信，一种行走在世上的态度。那么，五十多双漂亮的鞋子所代表的，又是怎样的一种自信，怎样的一种行走态度啊。她并不认为自己有腿疾，或者，她并不把腿疾当一件严重的事情，或者，她对于腿疾的欣然接受，远比我们想象中乐观和彻底。万水千山走遍，凭借的，不是脚，不是钱财，而是乐观，是信念，是态度。

非常自然地，那天，她挑走了店里最漂亮的鞋子。她虔诚地捧起鞋子，像捧起她的生活。

那么，这肯定是你所有鞋子里最漂亮的一双吧？我指指她怀里的鞋子，问。

当然不是，她微笑着说，每一天，我脚上穿着的，才是我最漂亮的鞋子。她指指自己的脚，抬起头，骄傲地说。

一个父亲的阻挡

/

/

秋日里那个星期天，难得男人有了空闲。他带着自己七岁的女儿，去动物园玩。

他们看了猴子、孔雀、狗熊、骆驼、锦鸡和长颈鹿，他们都有些累，开始往回走。经过狮子洞的时候，女儿突然叫嚷着要看狮子。男人笑笑。他说，好。

灾难就是这样降临的。

他们倚着狮子洞上方的铁栏逗着狮子。那个位置，只能看到狮子的后背。七岁的女儿咯咯笑着，把脑袋探得很远。男人想提醒女儿小心，来不及张嘴，就看见到女儿一头栽了下去。父亲慌忙伸手去抓，可是他什么也没抓到。

那段铁栏，突然断了。女儿是抓着那段铁栏掉下去的。空中她惊恐地叫了一声“爸爸！”后来动物园的负责人说，那几天连绵的秋雨，让那段陈旧的铁栏，加快了腐蚀的过程。

掉下去的女儿似被摔昏，她躺在那里，紧闭着双眼。男人大叫妞妞你没事吧，妞妞你没事吧？他的喊声并没有叫醒女儿，反而惊动了狮子。狮子懒洋洋地站起来，先是看一眼落在它不远处的不速之客，然后，它突然兴奋起来，直奔女孩而去。

周围的人急了，有人慌忙拨打110，有人跑去找动物园的驯兽师，还有人高叫着，试图赶开正一步一步逼近女孩的狮子……

没有用。现在狮子距离那个昏过去的女孩，仅剩一步之遥……

正在这时，男人突然做了一个让所有人都目瞪口呆的举动。他纵身一跃，跳了下去……

他正好落在女儿与狮子中间。

男人重重地摔倒，可是他马上爬起来。他没有看自己的女儿，只是狠狠地盯着狮子。周围一下子安静了下来，人们甚至可以清晰地听到男人和狮子怦怦的心跳……

也许是他的镇定让狮子不安，也许是他的样子让狮子恐惧，总之，在对视了几秒钟之后，狮子竟然慢慢地转过身，怏怏而去。

所有人都长舒一口气。剩下的事，就是他们静静地等在那儿，直到动物园来人把他们救出去。

可是，故事到这里并没有结束。事实上，这个故事才刚刚开始……

……女孩突然醒了。醒后的女孩看着陌生和恐怖的一切，竟

“哇”地大哭起来。于是，刚刚躺下的狮子再一次被激怒，它慢慢站起来，然后，向女孩直扑过去！

狮子的血盆大口，此时距女孩的头，只剩分毫。父亲看到狮子暗红的舌头和闪着寒光的牙齿……

男人迅速推开自己的女儿！他伸出自己的右臂，挡在狮子面前。其实这时他更像是把胳膊友好地递到狮子嘴里，也许那时男人在想，只要狮子的嘴里咬了什么东西，那么，它就会静下来吧？那么，它就不会继续伤害他的女儿了吧？那么，当它啃噬自己胳膊的时候，动物园的驯兽师们，也许就会赶过来了吧？

他能够感觉狮子的利齿深深地扎进他的骨头。狮子咬着他的右臂，兴奋地甩着头，男人被抛起，然后重重地跌落。

狮子再一次盯着他的女儿。此时女孩已经退出很远，脸色苍白，似乎已经吓得忘记了哭泣。

狮子一步步紧逼过去……

男人再一次爬起来，再一次扑向狮子，再一次在狮子呼着腥气的血盆大口距女儿仅剩分毫的时候，伸出胳膊挡在狮子面前。

这次是左臂。他的右臂已经动弹不得。他就那样伸出左臂，似乎要友好地送给狮子一顿美妙的晚餐。狮子愣了一下，再一次咬住了他的胳膊，开始了疯狂的撕咬……

……动物园的驯兽师终于赶来。他们用两支麻醉枪，才将狮子击倒。

男人躺在医院里，他两只胳膊的肌肉都被狮子撕裂，鲜血淋漓，并且严重骨折。

有人问他，那个时刻，为什么要用你的胳膊，阻挡狮子？男人认真地想想，说，不知道。那时由不得多想，大概只剩下本能吧……父亲保护女儿的本能吧？

是的。那时仅剩下父亲的本能。而不必去细想，为女儿挡住的是一抹刺眼的阳光、一粒微小的灰尘、一辆飞驰的汽车还是一头凶猛的狮子……

可是，假如动物园的人没有及时赶到，你还将怎么办呢？那个人继续问他。

那么，我将继续挡下去……用左腿、用右腿、用胸膛以及脑袋。男人轻描淡写地说。